女の東と西

日英女性作家の比較研究

榎本義子

南雲堂

女の東と西　目次

―日英女性作家の比較研究

女の東と西

——日英女性作家の比較研究

序章

女性と文学

ヴァージニア・ウルフ（Virginia Woolf）の『自分だけの部屋』（*A Room of One's Own* 一九二九）は、女性の視点から英文学史を見直して女性文学の伝統を辿り、その未来をも示して、しばしばフェミニズム批評の原点とも言われてきた。フェミニズム批評はここ十数年の間にめまぐるしく変容した。人種、民族問題や同性愛などのセクシュアリティの問題とも結び付いて細分化し、かつ政治的になってきている。女性の視点で文学作品を読む、女性文学の伝統を探るなどと言うと、フェミニズム批評家からは「少し古いですね」と批判されかねない。また、いまさら何故二十世紀の初頭に書かれたウルフの『自分だけの部屋』を持ち出すのか、とも言われるだろう。だが、最近の細分化したフェミニズム批評理論で文学作品を斬るのには抵抗を感じる。自らも「ものを書く女」であったウルフが『自分だけの部屋』や「女性と文学」に関する評論の中でユーモアをまじえながら味わい深い文章で提起する問題のほうが、女性文学の特質を的確に捉えていて、「女性と文学」について考える際には、むしろそちらのほうに私は共感を覚える。

ウルフは自分が女性作家であることを強く意識していた。『自分だけの部屋』の中に、「女性の創造力は男性の創造力とは非常に異なっている。……もし女性が男性と同じような書き方をし、男性と同じように生き、あるいは男性と同じような格好をするなら、とても残念である」[1]という一節がある。女性作家の独自性を簡単に定義することはできない。だが、女性の手によって紡ぎ出された言葉の世界を、時代を追いながら読んでいくと、そこにおぼろげではあるが、何かが浮かび上がってくる。

またウルフは、作家は時代の所産であり、その作品は時代精神と微妙にかかわっていると考えていた。『自分だけの部屋』の「文学作品は、蜘蛛の巣のようなもので、多分ほんの僅かであろうが、四隅で実人生と結び付いている。……こうした巣は、形のない生き物が空中に架けたものではなく、苦しむ人間の業によるものであり、健康やお金や住む家などの非常に物質的なものと結び付いている」（四一-四二）という言葉が示すように、物質的自由と知的自由は密接に結び付き、作家の生きた時代や社会などの物質的状況はその作品に影響を与える。女性表現の形態も、時の流れと女たちが置かれている社会的状況の変化と共に変わっていく、と言えるだろう。

本書は、ウルフが自由に心のうちを表現するために不可欠だとした二つのもの、「鍵のかかる自分だけの部屋」も「年収五〇〇ポンド」も持たない女性たちが、時代的、社会的な強い制約の中で戸惑いながらも自分の言葉で自己の内奥を語りだした十九世紀から、自己を語る女性の声も多種多様となった現代に至るまでの、日本と英国の女性作家やその作品を比較文学の視点から考察し、女性文学の特質を探ろうとする試みである。

ここでは、「影響」、「異文化体験」、「対比」という三つの比較文学の研究方法を用いる。異なった文化の中で生み出された文学作品は、作家に新鮮な刺激を与え、その精神活動に大きな影響を与えることが多い。外国の文学作品との出会いは、自我意識に目覚め、自己表現の欲求を抱えた女たちが作家として成長していく上で、重要な役割を果たしている。日本の女性作家の中には、英国の同性の作品や男女平等思想から影響を受けた者も多い。どのような作品が彼女たちの創作活動の原点となったか、また彼女たちの作家としての成長を促したものは何かを探ってみたい。

読書体験と共に異文化体験は、女性を目覚めさせ、自己や外部の世界に対する認識を深める契機となる。異文化の中での解放感、違和感、そして孤独感などが、創造力を刺激するためか、外国体験が創作活動を始めるきっかけとなった日本の女性作家は、大庭みな子、山本道子など数多い。日本滞在が、外国人女性作家に大きな影響を与えた例もある。

本書では、外国の文化や文学の作家への影響など実証的な研究方法の他、対比研究法も用いる。国や文化は異なるが、同じような状況に置かれた女たちが、どのような表現形態を用いて自分たちの「声」を伝えようとしているかを探る上で、対比研究法は有効であると思われる。また、類似したテーマを扱った日本と英国の女性作家の作品を比較することで、それぞれの作家や作品に対する理解もより深まるのではないだろうか。

日本と英国の女性作家の作品を幾つか読んでいくと、時代や国境を越えた共通するテーマに気づく。それは、「女はこうあるべきだ」という定型化された「女らしさ」に対する違和感と個としての自己意識の強さではないだろうか。作家の中には、社会制度が作りだした女というジェンダーに対する反発や違和感を直接に強く表わす者もいるが、既成の「女らしさ」にとらわれずに自己の内部を表現しようとする者もいる。本書の第I部では、さまざまな欲求や希求を抱え、言葉による自己表現の形を選んだ女たちと彼女たちが創りだした小説の主人公が、社会的な制約や呪縛の中で自己確立、自己実現を模索する姿を追ってみたい。

言葉による自己表現の形を選んだ女たちが直面する大きな問題の一つは、家事や家計のやりくりなどの細々とした日常の「女の務め」と「書く」という行為をいかに調和させるかであろう。シャーロット・ブロンテ（Charlotte Brontë）の伝記を書いたエリザベス・ギャスケルいが、調和させるのは不可能ではない(Elizabeth Gaskell)は、この二つは「互いに対立はしないが、調和させるのは不可能ではないが難しい」[2]と言っている。これはシャーロットについて述べている言葉であるが、牧師の妻として家事の切り盛りや子育てをしながら自らも小説を書いたギャスケル夫人自身の実感であろう。

ウルフはこの問題を彼女たちが「自分だけの部屋」を持たないということで象徴的に表わそうとした。十九世紀初頭から英国では、ジェイン・オースティン(Jane Austen)、ブロンテ姉妹、エリザベス・ギャスケル、ジョージ・エリオット(George Eliot)など、小説を書く女たちが数多く登場した。ウルフによれば、それは一つには、彼女たちが「自分だけの部屋」を持たなかったからだという。絶えず邪魔の入る一家に一つしかない共用の居間や台所のテーブルでは、集中力の必要な詩や劇よりも、まだしも小説や散文のほうが書きやすかったからではないかというのだ。

ジェイン・オースティンは一家の共用の居間で、扉の開く音を気にしながら作品を書き、人が入ってくると、隠したり、吸い取り紙で覆ったりしたという。エミリ・ブロンテ(Emily Jane Brontë)は料理の主な部分を引き受け、一家のパンを全部焼き、台所には常に書物を置いて、寸暇を見つけて読書をしていた、とギャスケル夫人は『シャーロット・ブロンテ伝』(*The Life of Charlotte Brontë* 一八五七)の中に書いている。姉のシャーロットの手紙には、アイロンかけ、縫い物などの家事についての記述が多く見られる。ギャスケル夫人によると、彼女は「執筆の興味とインスピレーションが盛んに溢れるのを中断して」（三〇八）、台所に立ち、年老いた召使いの取り残したジャガイモの「目」を取ったという。

日本においても明治期以来、近代の女性作家たちは、同じような問題を抱えていた。一八七二年に生まれ、父の死後、針仕事や洗い張りで残された女三人の生計を支えながら小説を書き始めた樋口一葉には、無論「自分だけの部屋」などなかった。彼女の日記には、「文机」、「机」という言葉が何度も登場する。掃除、洗濯などをすませた後に向かう「文机」が、一葉にとっての「書く」ための「書斎」だったのである。「たけくらべ」、「にごりえ」などを出版し、世に名の知られるようになっても、一葉は「女の務め」と「書く」行為を両立させることには苦労したようである。彼女のもとには、全国から小説家志望の女性の手紙が寄せられたが、そのような「女子の小説つくりたしといふひとのもとにハかならずゝさる業した給ふ物にあらずと身のつらさをさへ書きつらねておくる」[3]と「みづの上日記」に記している。

一八八五年生まれの野上弥生子も、その日記を読むと、結婚後も女中を雇うなど物質的に恵まれた環境にあったとはいえ、妻、母としての務めを果たしながら「書く」ための自分だけの時間と空間を見つけるのに心を砕いていたことがわかる。子育ての最中には彼女には「自分だけの部屋」はなく、子供たちが学校に行った後の机を利用したり、夫が留守の時にはその書斎を使用した。夫も子供たちも全員家にいるときには、彼女は原稿を書く場所探しに、ずいぶん苦労したようである。昭和三（一九二八）年一月六日付けの日記の「自分の気に入った、日あたりのよい専用の小さい書斎がほしい」[4]という記述が、それをものがたっている。

それでは、家庭の日常の些事から精神的に自由になれる空間である「自分だけの部屋」を持たない女性たちは、何故小説を書き続けたのだろうか。前述したように、十九世紀初頭から英国においては、小説を書く多くの女性たちが輩出した。日本においても、少し時代はくだるが、一八八〇年後半から九〇年代にかけて、若松賤子、三宅（田辺）花圃、清水紫琴、樋口一葉など数多くの女性作家が文学雑誌の書き手となった。何故この時代にどちらの国においても、たくさんの女性たちが小説を書いたのだろうか。

キリスト教に基盤を置いてこの時代の女性の啓蒙を目指し、若松賤子や清水紫琴らの活躍の場ともなった、明治二十（一八八七）年発行の『女学雑誌』第七十九号の社説「女子と文筆の業」は、「文筆の業」ほど家庭の雑事を切り盛りしなければならない女性に「好都合」な仕事はない、と述べている。なぜならば、「一枝の筆一面の硯」を「台所若しくは寝所の片隅に置いて暇まある折々に思ふ所を紙上に訴ふる」[5]ことができるからであるという。明治十九年にも発行された同じ『女学雑誌』第二十七、二十九、三十号の社説「女子と小説」（上　中　下）も、小説を書くことがいかに女性に適した仕事であるかを説いている。

女性にとって家を守ることが第一とされ、家の外には自己表現の場を求めることが困難であった時代に、確かに家にいて針仕事や台所仕事の手を休めて、隅の机や台所でもできる「文筆の業」は、女性に適した仕事であっただろう。「自分だけの部屋」を持たず「女の務め」と執筆の両立に苦労した樋口一葉も、最初は小説を書くことは女性に向いていると考えていたようだ。明治二十二（一八八九）年に書かれたと思われる日記を読むと、彼女は「くれ竹のよに一ふし高く」なるための手段として、「小説などかく」[6]ことが頭にあったことがわかる。明治二十一年に出版された萩の舎の先輩田辺花圃の『藪の鶯』が成功したことが、一葉が小説家を志すきっかけになったことはよく知られているが、彼女が家にいて家事の合間にできる「書く」という行為を、自己表現や立志的な欲求を満たし、細々とした内職から解放されて経済的自立を果たすことを可能にする最適な仕事と考えても不思議ではないだろう。

シャーロット・ブロンテらの生きたヴィクトリア時代の英国においても、女性たちは同じような状況に置かれていた。シャーロットはこの時代に女性に開かれた唯一の「恥ずかしくない」職業であるガヴァネス（住み込み女家庭教師）として心身をすり減らすような思いをした後、自宅で私塾経営を思い立つ。この計画が失敗に終わると、姉妹の共同詩集を自費出版した。詩集は売れなかったが、今度は小説を書いて出版社に送った。この当時出版で得られる収入は無名の著者の小説でも、ガヴァネスの給料の一年分に相当する額だったというから、シャーロットが一葉と同じような動機で小説を書いたことは、想像に難くない。

家庭内に留まることを強いられ、日常の些事から気持ちを切り離す自分だけの独立した空間を持たない女性たちの煩労は、時として作品に生の形であらわれ、その質を損なう、とウルフは考えた。そしてその一例として、シャーロット・ブロンテの『ジェイン・エア』(*Jane Eyre* 一八四七)を挙げている。当時の女性たちが置かれていた状況に対する主人公の激しい抗議の叫びは、小説の流れを不手際に中断し、作品全体のバランスを崩すというのである。だが、日常的な家庭内の些事の処理と「書く」行為の兼ね合いという問題は、否定的な意味しか持ちえないだろうか。雑誌『スバル』二〇〇二年一月号に掲載されている「座談会昭和文学史XXI 女性作家」(津島佑子、井上ひさし、小森陽一)は、この問題に関して興味深い結論に達している。明治期の樋口一葉以来、近代の女性作家たちは、炊事、洗濯、家計のやりくりなど押し付けられた役割を知らず知らずのうちに「武器」にして、時代や社会の「総体を見る力を養って」[7]いたというのだ。女性は現実的だとよく批判されるが、確かに彼女たちには芸術や思想も日常性から切り離さない独自の視座がある。このことについは後の章で詳しく触れたいと思う。

女性たちが苦労した「女の務め」と「書く」ことの兼ね合いには、その時代の社会の作り出した理想の女性像が大きくかかわってくる。十九世紀の英国における理想の女性像とはどのようなものであっただろうか。シャーロット・ブロンテの最後の作品である『ヴィレット』(*Vil-*

lette 一八五三）の主人公ルーシー・スノウは、異国のギャラリーで「若い娘」、「妻」、「若い母親」、「寡婦」の四枚からなる「女の一生」という題名の絵を目にする。彼女が「不誠実で、不機嫌で、活気のない愚かな虚像」と感じる「四人の天使」[8]が、ジェンダーの役割の中で生きる、ヴィクトリア時代の女性の理想像である。シャーロット・ブロンテの生きた十九世紀は、家庭崇拝が生まれ、女性の神格化の行なわれた時代である。家庭は、近代競争社会の作り出す不安から人々を守る安らぎの場であり、産業革命の結果誕生した営利主義社会や科学の発達に伴う懐疑主義が脅かす精神的価値観を保つ「神殿」となった。そして、家庭という神殿を守る妻であり母である女性は、競争社会で仕事に明け暮れ疲れて帰宅する夫を癒し、その精神を向上させる「女神」とされた。このようにして、コンヴェントリー・パットモア（Conventry Patmore）の詩の題名から取られた「家庭の天使」という言葉が、女性の理想像を表わすようになったのである。この言葉が示唆するように、女性の精神性、純潔が強調され、女性は男性には見られない愛と自己犠牲によって優位に立てるとされる反面、政治、経済、高等教育、性に至るまで男性の世界に関心を持ってはならないとされた。[9] こうした女性の理想像に反発するシャーロット・ブロンテは、『ジェイン・エア』の中で結婚を目前に控えた主人公に、「私は天使ではありません。……また、死ぬまで天使になるつもりはありません。私は私のままでいます」[10]と言わせている。

この「家庭の天使」という「虚像」は、イギリス社会に長い間残存した。一八八二年生まれのウルフは、ものを書くときには自分に付きまとう「家庭の天使」にインク壺を投げつけて殺さなければならないという心境であった。「家庭の天使」は「虚像」であるがゆえになかなか死なず、「家庭の天使を殺すことは、女性作家の仕事の一部であった」[11]、と「女性のための職業」("Professions for Women" 一九三一)の中にウルフは書いている。

女性が「女らしさ」の「虚像」に苦しめられたのは英国においてのみではない。「家庭の天使」に相当する「良妻賢母」という「虚像」は、ごく最近まで日本の社会に存在したのではないだろうか。「良妻賢母」という言葉は古い儒教道徳を思い出させるが、この言葉が使われるようになったのは、西洋文化が日本に入ってきた明治期である。この言葉は明治初期に中村正直や森有礼が「賢母良妻」という形で使ったが、「良妻賢母」を意識的に使用したのは、明治二十四(一八九一)年に創刊された保守的な婦人雑誌『女鑑』であるという。[12]何故明治期に「良妻賢母」という言葉が使われるようになったのだろうか。

明治維新後、女性に期待されるものが微妙に変化した。それは、近代国家を建設するために、単に子供を産むだけでなく、母として次代を担う国民の育成が女性に求められたからである。良妻賢母思想の成立とその思想的変遷について論じた『良妻賢母という規範』によると、明治維新後とそれ以前では、理想の女性が変化しているという。江戸時代の武士及び町人上層階級の女性が身につけるべき「婦徳」をわかりやすく書いた「往来物」と呼ばれる教訓書は、従順な妻、嫁としての徳を説き、子を育て、教育する母としての役割に着目している女訓書はほとんどないという。ところが、大きな価値観の変動があった明治維新後は、女子用の「往来物」のなかには、女の役割に子供の教育責任を入れ、そのために学問の必要性を主張するものもでてきた。さらに、明治七（一八七四）年刊行の『女黌必読女訓』は、「家政」という概念を取り入れている。著者の高田義甫は、「家政」とは「家を治めることをすべて」を表わし、このことを最もよく論じた書物は、「イギリス国のビートン、と云へる女のあらはしたるもの」[13]であり、これを翻訳して出版したいと述べている。イザベラ・ビートン（Isabella Beeton）の『家政読本』（*Mrs. Beeton's Book of Household Management* 一八六一）は、外で働く男性のために家を守る中産階級の「家庭の天使」のための心得を説いた代表的な手引書である。「良妻賢母」思想の形成期である明治初期に、女訓書が「家政」という概念を導入し、この書物に言及しているのは興味深い。

日本を欧米に劣らない「文明国家」にするためには、賢い母が必要だとされたために、明治五（一八七二）年に学制が発布され、女子の学校教育が開始されたが、就学率は低迷していたという。『良妻賢母主義の教育』によると、学制発布後五年たっても女子の就学率は男子の四割にもみたなかったという（五二）。日清戦争（明治二十七―二十八年）後の高揚した国家意識の中で、さらに女子の教育の必要性が説かれた。しかし、女性は「惣じて婦人の道は、人に従ふに有り。……女は夫をもって天とす」[14]といった儒教倫理から抜け出せたわけではない。女には単なる従順さだけでなく、英国の女性に「家庭の天使」の名のもとに求められたような、政治、経済、軍事など外の世界の活動に専念する男に安らぎを与えるような家庭を管理する「良妻」の才覚と、子供を立派に育て、教育する「賢母」の能力が求められたのである。こうした儒教的な家庭倫理とうまく組み合わされた、ジェンダーの役割の概念に基づいた「良妻賢母」教育がこの時期に確立されたという。

樋口一葉は、酌婦や遊女になる運命の少女、妾になることで貧乏暮らしから抜け出そうとする女、夫の身勝手や非情のために心身の異常をきたす妻など、「良妻賢母」の枠組みにおさまらない女たちを描いている。知的学習よりも「女徳」の形成を重要視した儒教道徳が残る明治初期に生まれた一葉は、成績が優秀であったにもかかわらず、十二歳で小学校高等科四級を主席で終了した後に進学せずに中退している。それは、「女は学問よりも裁縫を習い、家事見習をしたほうが、将来のためになる」という母の意見が通ったためである。だが、一葉は七つの頃から草双紙を読みふけり、「英雄豪傑の伝」や「任俠義人の行為」に共感を覚え、九つの頃から平凡な一生ではなく、「くれ竹の一ふし」世に抜き出たいと願ったと後に日記「塵之中」に書いている。一葉も女性に付きまとう「女らしさ」の「虚像」とそれに付随する「女の務め」との葛藤の中で書かなければならなかったのだ。興味深いことに彼女は、当時『文学界』の仲間から「ブロンテ、ブロンテ」と呼ばれていたという。何故そう呼ばれたのだろうか。第一章では、女性がジェンダーの役割に閉じ込められていた時代に生きたこの二人の作家を、女であることに対する拘りと閉塞状況からの脱出願望という視点から論じたいと思う。
英国では十九世紀も半ばを過ぎると、婚姻、教育、職業、そして政治といったあらゆる分野で女性の権利獲得を目指す運動が高まり、それと共に十九世紀末から二十世紀初頭にかけて、既成の社会秩序や女は「家庭の天使」であるべきだという考えに真っ向から異議を唱え、女性の権利を主張する「フェミニスト作家」が登場した。作家の中で「芸術家」の側面を重視する「蝶」であるウルフは、「改革者」の側面を前面に押し出す「虻」である彼女たちとは距離をおいてはいるが、社会的問題を扱うことも、女性作家のこれからの新しい分野であることを「女性と小説」("Women and Fiction" 一九二九)の中で認めている。[15] また、「フェミニスト作家」の一人であるオリーヴ・シュライナー(Olive Schreiner)についてのエッセイでは、彼女が生涯を捧げた「女性解放」という目的が非常に重要であるとも述べている。[16]
日本においてもちょうど同じ頃、男性への隷属を断ち切り、言葉によって女性の置かれている状況を変えようとした女性作家がいる。第二章で取り上げる清水紫琴もその一人である。シュライナーは『アフリカ農場物語』(*The Story of an African Farm* 一八八三)の中で主人公を未婚の母にして結婚制度を問い直したが、紫琴も「こわれ指環」(一八九一)で女性の離婚問題を扱っている。当時の女性の生き方と最もかかわり合いの深い結婚制度について、女性解放を目指した二人が共に問題を提起している点は興味深い。本書では、シュライナーも「弟子」であったという、[17]ハーバート・スペンサー(Herbert Spencer)とジョン・スチュアート・ミル(John Stuart Mill)の基本的人権意識に基づく男女平等思想やキリスト教思想の紫琴への影響について考えてみたい。

シュライナーも清水紫琴も、「女であっても向上心をもった人間として生きたい」いう欲求から筆を取ったが、どのような社会の仕組みのなかにあっても女性はこの欲求を抱えているという主張は、『自分だけの部屋』全体を通して見られる。そこに引用されたウィンチルシー伯爵夫人(Lady Winchilsea)の詩の一節には、この欲求が阻まれた女性の憤りが感じられる。

もし誰かが、熱い思いと抑えがたい野心をいだき/他に抜き出て向上しようとしても/非常に強力な反対勢力が現われるので/成長したいという望みは、恐怖に打ち勝つことはできない………

書いたり読んだり、考えたり調べたりすることは、私たちの美を曇らせ、時間を浪費し、女盛りの愛の獲得を妨げるという/逆に、創造性のない家庭のつまらない経営こそ/私たちの

最大の技であり用途であると考える者もいる（五九）
ウィンチルシー伯爵夫人は一六六一年の生まれである。彼女の生きた時代においては、知的向上心を充たすことはおろか、女性が思うことを言葉に表わし、出版して世に出すことなど、見苦しいことだと考えられていたという。どの時代においても自己成長や自己表現の欲求が完全に充たされることはないかもしれないが、時代が下るにしたがって、それが少しずつ可能になるだろう。
一八八五年生まれの野上弥生子は、生涯を通して「女も知恵を持ち、絶えず努力すべきだ」という自己成長の欲求を持ち、文筆活動を続けた女性作家の一人である。彼女は若いときに文学上の師である夏目漱石から薦められて読んだジェイン・オースティンの作品から強い衝撃を受けた。彼女は作品から深い感銘を受けるとともに、自分の未熟さも自覚し、その作品は彼女の愛読書になったという。ウルフはオースティンについて、家父長制社会のただ中にあっても怒りに駆られず、冷静に「ものごとを自分の目に映るままに……男性が書くようにではなく、女性の書き方で」（七四–七五）描いた、と『自分だけの部屋』で言っている。ウルフが「女性作家の中で最も完全な芸術家」[18]と呼んだオースティンの作品が、明治時代に生まれ、「女の務め」と「書く」ことの兼ね合いに苦労しながら書き続けた日本の女性作家に生涯にわたって影響を与えたことは興味深い。第三章では、弥生子の精神形成への英国のこの女性作家をはじめとする西欧の文学や文化の影響を、第四章では、オースティンの主人公の精神的成長をテーマとする作品『高慢と偏見』(*Pride and Prejudice* 一八一三)が、『真知子』(一九二八-一九三一)という作品にどのような影響を与えたかを考察する。

自己成長や自己確立は女性作家の大きなテーマの一つであるが、定型化された「女らしさ」にとらわれずに「伸びたい」という欲求を抱えた女たちにとって、その欲求を阻む最も身近にある存在は母親である。「家庭の天使」、「良妻賢母」といったジェンダーの役割の中でのみ生きてきた母親は、自分自身の満たされない思いを娘への期待という形で解消しようとする。このような母親への愛憎の入り交じった思いも、女性作家に共通する主題である。ドリス・レッシング(Doris Lessing)や宮本百合子も、自伝的色彩の濃い教養小説、「マーサ・クェスト」("Martha Quest")シリーズと「伸子」シリーズの中でこうした問題を扱っている。第五章では、既成の価値観を表わす母親及び夫との葛藤を通して自己確立の道を模索する、このシリーズのそれぞれの主人公について、比較文化的視座から考察したいと思う。

イギリス文学における女性の受難の歴史をたどってきたウルフは、『自分だけの部屋』の最後で、これからの女性作家が取り組むべき新しい主題とその表現方法に言及している。「自分だけの部屋」と「年収五〇〇ポンド」によって象徴される物質的自由と精神的自由を手にした現代の女性作家は、十九世紀の女性の多くがとらわれていた「自分たちの苦しみを人前にさらし、自分たちの言い分を申し立てたいという願望」[19]や「自伝を書きたいという衝動」から解放されて、「書くことを一つの芸術」（七九）として扱い始める。女性の著作の分野は多岐にわたり、扱う素材も多様になる。ウルフが『自分だけの部屋』に登場させた架空の作家メアリー・カーマイケルは、新しいものを創造するために、読者が予想するような「つながり」をいじり、「まず文章を壊し、そしてそのつながりを壊してしまう」（八一）。女性の真の姿を描くために、女性作家は鋏を取り出して、男性作家がまとわせたお仕着せの服をぴったりと合うように裁断し直すだろう、ともウルフは述べている。

ウルフは女性作家が取り組むべき新しい主題の一例として、異性との関係において捉えられた女性ではなく、「クロウィはオリヴィアが好きだった」という女性同士の愛と友情を挙げている。そして、「誰も入ったことのない広大な部屋に灯りをともす」（八四）には、作家はそれを表現する新しい方法を考えださなければならないと言っている。本書の第II部では、ウルフが言うような新しい視点から新しい表現方法を用いて語り、書く現代の女性作家とその作品を扱う。

「家庭の天使」、「良妻賢母」という定型化された「女らしさ」と結びつけられた「母性」は、女性作家にとって否定的な意味しか持ちえなかったが、現代の女性作家の中には、母性体験に積極的な意味を持たせて主体的な意思で生きる母親像を創造しようとする者もいる。女性の視点から描く女性のセクシュアリティと母性体験も、「誰も入ったことのない広大な部屋」の一つではないだろうか。第六章で扱うマーガレット・ドラブル（Margaret Drabble）と津島佑子は、女性にとっての妊娠や母であることの現実を、こうした体験を表わすのに適した「新しい言葉」で表現しようとしている。前の世代の女たちは「娘」の立場から胸のうちを語ることが多かったが、彼女たちは「娘」と「母」両方の言葉で語ろうとしている、と言えるだろう。

ドラブルや津島が妊娠、出産など女性に特有の体験を表現する言葉を模索するのに対して、第七章で取り上げるアンジェラ・カーター（Angela Carter）は、文化的規範や「正常なもの」を問い直すために「新しい言葉とスタイル」を創り出そうとする。オルガ・ケニョン（Olga Kenyon）の言葉を借りるなら、彼女は「幻想的なものと現実的なものを組み合わせることによって、フェミニスト小説の可能性を探ろう」[20]としている。カーターは、日本の文化から影響を受けた数少ない女性作家の一人である。一九六九年から二年間の日本滞在後、彼女は「急進的なフェミニスト」になり、また彼女の「マジック・リアリズム」の手法も冴えを見せる。カーターは日本でどのような体験をし、それを作品の中でどのように表現しているであろうか。このフェミニスト作家にとっての日本体験の意味について考えてみる。

アンジェラ・カーターの日常的な現実と非現実の交差する世界は、日本の作家では河野多恵子の作品を思い出させる。河野もカーターと同様に、「日常性の背後にあるもの」を描くことにより、女性の心の深部に光を当てようとするが、彼女の創作活動の原点となったのは、エミリ・ブロンテとの出会いだったという。家父長制度のただ中にあっても、性意識に歪められず自由に言葉を紡いだ作家として、ウルフがオースティンと共にエミリ・ブロンテを挙げているのは興味深い。第一章で扱う姉のシャーロットが、当時の社会の求める女性像「家庭の天使」に対する自分自身の違和感や飛翔への願いを作品の主人公に託すという直接的な形で表現したのに対して、エミリは、既成の「女らしさ」にとらわれることなく自己の内奥を作品の中で表わした。河野の「〔エミリは〕自分に密着せず『嵐が丘』のヒースクリッフやキャサリンを創作したがために、自分の内部を完全に表現し、人間存在を謳い切ることをなし得たのではないだろうか」[21]という言葉は、彼女自身の「小説作法」を表わしているだろう。最終章では、『嵐が丘』の河野の初期の作品への影響について考えてみたい。エミリの作品は十九世紀末まで英国でもあまり読まれず、二十世紀になってから高く評価されたという事実は、その現代性と普遍性を物語っている。ウルフは性意識に歪められず、常に書きたいと思うことを書くことが女性作家のあるべき姿だとしているが、「女らしさ」にとらわれずに「人間存在の不思議さ」を描くことも、これからの女性の自己表現の一つの在り方かもしれない。

I

第一章

絶望からの脱出

樋口一葉とシャーロット・ブロンテ

樋口一葉（一八七二―一八九六）は平田禿木ら『文学界』の仲間から「ブロンテ、ブロンテ」と呼ばれていたという。[1] シャーロット・ブロンテ（一八一六―一八五五）の作品で一葉の生存中に日本に紹介された唯一で最も早いものは、『ジェイン・エア』（一八四七）の抄訳である水谷不倒の「理想佳人」（『文芸倶楽部』第二巻　第八、十一、十二、十四編　明治二十九（一八九六）年）である。一葉は内田不知庵訳の『罪と罰』や若松賤子訳のバーネット夫人の作品など西洋文学に触れていたとはいえ、彼女がシャーロットの作品に接していたかどうかは不明である。

だが、一葉をよく知っていた平田禿木は、一葉とシャーロット、及び一葉と『ジェイン・エア』の主人公の類似に随筆の中で何度か言及している。「ブロンテとキングズレー」の中では、

『ジェイン・エア』の主人公と一葉について、次のように述べている。

『ジェーン・エア』のロチェスタアやジェーンに見られるように、女史の小説の主人公、女主人公は容姿あまり美しからぬ、極めて頑強な性格の持主である。イギリスのものなら、ハーディの小説にも折々かうした人物を見るが、世話にくだいて江戸風にいへば、その張りとか意気地とかいふものが、とてつもつかぬ程強いのである。……一葉女史などは、その作物からいへばすべて客観的に物を描いて、むしろオースティン女史に近い方だったが、当の人物は何処かかうブロンテの女主人公に似たところがあった。[2]

シャーロットの作品は自伝的色彩が濃く、主人公には彼女自身が投影されている、とよく言われるが、一葉の友人であった禿木がこのように二人の性格の類似点を指摘しているのは興味深い。第八章で取り上げる、シャーロットの妹であるエミリ・ブロンテの作品から大きな影響を受けた河野多恵子も、「二十代作家一葉」の中で、一葉が自分の内的衝動に基づいて創作しようとした近代性にふれ、二人を比較している。彼女は、シャーロットは「一葉に似て誇り高く、勝気で、不如意な女である自己の内的衝動にかられて創作に向かいながら」、一葉とは異なり主人公を自分の分身にするという「直接に衝動を処理する方法」[3]を見出すことができた、と二人の相違点にも言及している。

禿木は一葉の作品はジェイン・オースティンに近いと言っている。だが、一葉とシャーロットの作品には数々の類似点が見いだされる。類似した作品は何故生まれるのだろうか。作家の生い立ちなど伝記的な背景は、類似した作品を生み出す要因の一つと考えられる。[4] 一葉もシャーロットも、資産はないが、誇り高く、名誉を重んじる家に生まれている。シャーロットの父はイギリス国教会の牧師であり、一方、一葉が誕生した頃、東京府の官吏であった彼女の父親は、金で御家人の株を買ったとはいえ、士族であったことに誇りを持っていた。また、彼女たちは女ながら一家を支えていかなければならない立場にあり、出版により生計の資を稼ごうとした。恋愛においても、二人はそれぞれ、コンスタンタン・エジェ、半井桃水という師に報われない恋をしている。また、両者は共に病弱で、頭痛、不眠症といった持病に悩まされ、夭折している。

伝記的な共通点に加えて、二人の女性が生きた時代の社会的背景にも、類似点が見られる。一葉はシャーロットが三十八歳で没した後十一年を経た明治五年に生まれているが、二人の生きた明治時代（一八六八―一九一二）の日本の社会もヴィクトリア時代（一八三七―一九〇一）の英国社会も、女性にとっては、制約の多い、画一的な生き方を強いられる重苦しい環境であった。一葉は青海学校小学高等科第四級を首席で終了したが、十二歳で学校を中退している。それは、「女子にながく学問をさせなんは、行々の為よろしからず。針仕事にても学ばせ、家事の見ならひなどさせん」[5]という母親の意見が通ったためである。女は学問よりも裁縫を習い、家事の手伝いをしているほうが幸せになれるという考え方は、その時代の風潮であろう。『シャーリー』(*Shirley* 一八四九)の中でシャーロットも、その当時の女性の生き方に対する同じような社会通念を「針仕事に精を出すがいい。シャツやドレス作りやパイ皮作りを学ぶがいい。そうすれば、いつかおまえも立派な女性になれる」[6]、と主人公キャロラインの叔父のヘルストン牧師に述べさせている。

女性を「女性にふさわしい領域」に閉じ込めようとする時代風潮の中で、一葉もシャーロットも平凡で人並みの女性の生き方に飽き足らず、自分の中に潜む可能性に早くから目覚め、非凡な生き方をしたいという願望を抱いていた。七歳から草双紙を読みふけり、英雄豪傑や任侠義人の行為に共感を覚えていた一葉は、こうした思いを「九つ計の時よりは、我身の一生の、世の常にて終わらむことなげかはしく、「あはれ、くれ竹の一ふしぬけ出でしがな」とぞあけくれに願ひける」(二一〇)、と日記「塵之中」に記している。

シャーロットも同じように立志的な意志を持っていた。十九歳の時彼女は、自分たち姉妹の詩の批評を求めて、一面識もない時の桂冠詩人、ロバート・サウジーに手紙を送ったが、サウジーに次のように諫められている。

文学は女性の一生の仕事にはなり得ず、またそうであってはなりません。女性が女性本来の務めにつけばつくほど、嗜みや気晴らしとしてさえ、文学のための暇は少なくなるでしょう。あなたはまだこうした務めを求められていませんが、求められた時には、名声を熱心に求めることも少なくなるでしょう。[7]

文学の道に生きる可能性を女に生まれたというだけで否定されても、彼女は書くことはやめなかった。「燃えるような大志を抱きながら、前途は暗く、強烈な願望を持ちながら、希望は少なく」[8]青春の門口であてどもない彷徨を続けたと語る彼女の処女作『教授』（*The Professor* 一八五七）』の主人公の言葉は、この時のシャーロットの気持ちを代弁していると言えるだろう。女性が知的野心を持つことに対する当時の社会一般の反応は、『教授』の女校長、ゾライド・ルーターの言葉に要約される。

野心、特に文学的な野心は、女性の心では抱いてはいけない感情のように思われます。称賛や名声に憧れるようにさせるより、おとなしく社会的義務を果たすことが彼女の本当の務めであると思わせることのほうが、アンリさんにとってずっと安全で幸福なのではありませんか。（一三三）

このような社会的圧力にもかかわらず、一葉もシャーロットも、伝記的類似点で触れたように、女性の本分とされる裁縫と家事に身を入れながら遊惰のうちに結婚を待つという、当時の人並みの女性がする生き方ができない状況に置かれた。一葉は父が事業の失敗の中で病死した後、女戸主として一家を支えていかなければならない立場に立たされた。竜泉寺で荒物兼駄菓子屋を開く以前に、彼女は昔の婚約者渋谷三郎に「此次参り給ふ頃は、枝豆うらんか、新聞の配達なさんか知れ侍らず」(一一一)と語ったと日記「しのぶぐさ」に記しているが、この言葉は、当時女性に開かれた職業がいかに少なかったかを示している。

シャーロットも三女とはいえ、幼い頃母や姉を失い、弟妹や目の不自由な父を気遣いながら早くから自活していかなければならなかった。ヴィクトリア時代の英国においても、シャーロットの友人で新天地を求めてオーストラリアに移住したメアリー・テイラーの言うように、女性が糊口をしのぐ手段は、「教えること」、「縫い物」、「洗濯」[9]だけであったようだ。シャーロットが当時女性にとって唯一の「恥ずかしくない職業」とされていたガヴァネスとして、劣悪な雇用条件の下でいかに心身をすり減らすような思いをしたかは、友人への彼女の手紙が語っている。

こうした外的類似点の中から浮かび上がってくる二人を結ぶ内的接点一つとして、己が女であることへの拘りと、無力感、孤独感を挙げることができるだろう。

しばし文机に頰づえつきておもへば、誠にわれは女成けるものを、何事のおもひありとて、そはなすべき事かは。…あけくれに見る人の一人も友といへるもなく、我れをしるものの空しきをおもえへば、あやしう一人この世に生れし心地ぞする。我れは女なり。いかにおもへることありとも、そは世に行ふべき事か、あらぬか。（三〇一–三〇二）

日記「みづの上」のこの一節は、女であることの悲しみと孤独感を痛切に述べているが、一葉の日記には「かひなき女子」という女性であるが故の無力感を表わす言葉が何度となく使われている。また、作品が絶賛され、世に名が知られるようになった後も、一葉は女であることへの拘りを捨ててはいない。「みづの上日記」の次のような一節がそれを物語っている。

我れを訪ふ人十人に九人までは、たゞ女子なりといふを喜びて、もの珍らしさに集ふ成りけり。さればこそ、ことなる事なき反古紙作り出ても、「今清少よ、むらさきよ」と、はやし立る。誠は心なしの、いかなる底意ありともしらず、我れをたゞ女子と計見るよりのすさび。（三〇四–三〇五）

シャーロットも己が女であることを強く意識していた。小説の中では、彼女は主人公たちに

「女らしさ」や「女にふさわしい領域」に閉じ込められることに対して強く抗議させている。ジェイン・エアは「女性は非常に穏やかであると一般に考えられている。だが、女性も男性と同じように感じ、彼女たちの兄弟と同様に、自分の能力を働かせることも、また努力する場を必要としている」[10]と叫び、『シャーリー』のキャロライン・ヘルストンは「私は仕事をしたいのです。もし私が男の子だったら、仕事を見つけることはそれほど難しいことではないでしょう」(五四)、と思いを寄せるロバート・ムアに自分の胸の内を語る。

しかし、シャーロットは当時女性が置かれていた状況に対して、現実には悲観的な見方をしていたようである。「女性問題」に触れた手紙の次のような言葉には、無力感と諦めが感じられる。

欠陥の所在はわかりますが、誰が改善策を示すことができるでしょう。女性に養い育てなければならない家族があり、きりもりしなければならない家庭がある場合、手一杯で、しなければならないことは明らかです。運命によって孤立したとき、女性は自分のできることをして、できるように生き、できるだけ不平を言わず、できるだけ耐え、できる限りよく働かなければならないと私は思います。[11]

シャーロットはまた作家として名が知られるようになっても、一葉に劣らず女であるが故の孤独感に悩まされていた。彼女は自分の落ち込んだ孤独地獄について、友人のエレン・ナッシーに次のように書き送っている。

何度も繰り返すことになるかもしれませんが、私の人生は青白い空白で、しばしば嫌な重荷のように感じられます。また、時々将来のことを考えるとぞっとします。……時折私の心を呻かせる苦しみは、私が独身女性であり、今後も独身女性のままでありそうだという立場ではなく、私が孤独な女であり、今後も孤独であるだろうという立場によるのです。しかし、それはどうしようもないことなので、どうしても耐えなければならず、できるだけ言葉少なに耐えなければならないのです。[12]

一葉もシャーロットも主観性の強い作家で、その作品の主人公たちは作者の分身的色彩が濃いと言われているが、こうした無力感、孤独感はどのような形で作品の中に表われているだろうか。

シャーロットの創り出した主人公は、男性も女性もすべて孤児である。処女作『教授』のウイリアム・クリムズワースは幼い頃両親を亡くし、兄の工場で働くが、孤独感、疎外感に悩まされ、仕事を求めて、故国を捨てブリュッセルに渡る。彼の妻となるフランシス・アンリも、両親に早く死に別れ、寄宿学校で針仕事やレース縫いを教えている。『ジェイン・エア』のジェインは物語の冒頭では、義理の伯母の家で孤立して愛に飢えた十歳の孤児である。『シャーリー』のキャロライン・ヘルストンは、幼い時に父を亡くし、母は顔さえ知らないし、もう一人の主人公シャーリー・キールダーは、金持ちで美しく、すべての点で恵まれているように見えるが、彼女も両親がない。『ヴィレット』(一八五三)の主人公ルーシー・スノウも、感情を自然に表わすことができない十四歳の孤児として登場する。

一葉の作品においても、主人公が孤児であるものは、「たま襷」(一八九二)、「経づくえ」(一八九二)、「暁月夜」(一八九三)、「雪の日」(一八九三)、「琴の音」(一八九三)、「花ごもり」(一八九四)、「大つごもり」(一八九四)と数多い。「ゆく雲」(一八九五)のお縫は母を亡くし、継母の冷たい仕打ちに耐え、「われから」(一八九六)の町は、母に捨てられ、父に疎んじられて孤児と変わらない孤独な境遇に育っている。「にごりえ」(一八九五)のお力も早くに両親を亡くし、「わかれ道」(一八九六)の吉三は両親の顔も知らない捨て子である。

『ヴィレット』の中で、世の中に一人投げ出されたルーシー・スノウは、自分の環境の変化を「鏡のように静かな港で穏やかな天候のもとにまどろんでいる船」から「船の難破」[13]というイメージで示し、一方一葉は、日記の中で何度か自己の存在を「浮世のあら波にただよう船」に例えている。二人の作家の創作した孤児たちには、自分をつなぎとめ支えてくれる「錨」となる親も家もないのだ。彼らは安らぎや安定感を得る基盤とされる家庭からはぐれて、精神の彷徨を続けるアウトサイダーなのである。

シャーロットと一葉の作品の主人公は、孤児であるばかりでなく、出口のない、息苦しい閉塞状況に置かれている場合が多い。[14] シャーロットの作品においては、『ジェイン・エア』のジェインにとってのリード家、特に彼女が罰として入れられて狂気にかられて気を失う「赤い部屋」がその典型である。威圧的で無慈悲な兄のもとで働く『教授』の主人公ウイリアム・クリムズワースは、兄の工場に「閉じ込められている」と感じる。『シャーリー』では、キャロライン・ヘルストンは結婚もできず、住み込み家庭教師として外の世界に出ていくことさえ許されずに、「いったい私は何のために生まれてきたのだろう。この世で私の居るべき場所はいったいどこなのだろう」(一三八)と自問する。彼女にとっては無為に時を過ごす叔父のヘルストン牧師の家が「獄舎」である。『ヴィレット』においても、主人公ルーシー・スノウは、住み込んで世話をするリューマチ病みの老婦人ミス・マーチモントの暑苦しい部屋、長い休暇に一人取り残される寄宿学校と、何度か抜け出すことが困難な状況に身を置いている。

一葉の作品においては、「にごりえ」のお力が住む銘酒屋街がこうした閉ざされた世界の例としてまず考えられるが、幽閉状態に身を置く主人公は数多い。「やみ夜」(一八九四)のお蘭は、父の非業の死と許嫁の裏切りの後、広い荒れはてた屋敷内で外界とは隔絶した生活をおくっている。「たけくらべ」(一八九五)のみどりは、遊廓吉原で育つ美少女であるが、やがては遊女となる運命からは決して脱出できない。家族制度というしがらみに縛られた「十三夜」(一八九五)のお関にとっては、親のため、弟のため、子供のために耐える夫との愛のない生活が、「わかれ道」のお京にとっては、どうあがいても貧乏暮らしから抜け出せない裏長屋の生活が、獄中生活のように感じられるだろう。

『教授』の中で、兄の工場で働くウイリアムは、自分を「生の光」から隔絶された「井戸のぬるぬるした壁の湿った暗闇に育つ植物」(二三)に例えるが、閉ざされた世界に住む者たちは皆、孤独と絶望に包まれた闇を見つめ、そこから脱出したいと願う。しかし、その脱出方法において、一葉とシャーロットの創りだした作品の主人公の間には相違が見られる。ここでは、「にごりえ」、「わかれ道」、『ジェイン・エア』、『ヴィレット』の中で、希望のない閉塞状況に置かれた時、主人公たちがそれぞれどのように行動するか、考えてみたい。

「にごりえ」のお力の住む銘酒屋街は、八大地獄のうちでも最も苦しい「無間地獄」に例えられている。うわべは華やかに見える歓楽街は、外界から隔絶され、一度落ち込んでしまったら容易に抜け出す手だてのない密閉された生き地獄なのである。この世界に住む女たちは、客相手におもしろおかしくその日暮らしをしているように見えるが、皆、悲しみや苦しみを心に秘めている。子供のやぶ入りに、鏡の前で涙ぐむ酌婦の次のような言葉が、彼女たちの悲哀を物語っている。

「…悲しきは女子の身の、寸燐の箱はりして一人口過しがたく、さりとて人の台処を這ふも、柔弱の身体なれば勤めがたくて、同じ憂き中にも身の楽なれば、こんな事して日を送る。夢さら浮いた心ではなけれど言甲斐のないお袋と、あの子は定めし爪はじきするであらう。常は何とも思はぬ島田が今日ばかりは恥かしい」[15]

このような銘酒屋街の女の一人であるお力は、表面は陽気にふるまい、己の弱さを他人に見せない勝気な女であるが、「障れば絶ゆる蛛の糸」（一三三）のような神経を持ち、「悲しき事恐ろしき事」（一三三）を胸にため、酒の力を借りて商売をしているのである。彼女の祖父は、漢学に精通していたが、「世に益のない反古紙をこしらへしに、版をばお上から止められ」（一四〇）て、断食して自ら命を断った。父親は「細工は誠に名人と言ふてもよい」（一四〇）腕を持ちながら、気位が高く、愛想がないため、赤貧のうちに死んだ。彼女も祖父や父と同様に、自分の本来あるべき姿と現実の姿のギャップを痛切に感じている。

このようなお力の心の修羅を表わしているのが、五章の酒の座敷を抜け出した後の彼女の独白であろう。お力にとって、現実に彼女が酌婦として生きる銘酒屋街は、彼女の誇りや希望を否定する「つまらぬ、くだらぬ、面白くない、情けない悲しい心細い」(一三四)世界である。お力の心の中には、「するだけの事はしなければ、死んでも死なれぬのであらう」(一三五)という言葉が示すように、この世界から脱出したいという願望がある。だが一方で、「私の身の行き方は分からぬ」、「こんな身でこんな業体で、こんな宿世で、どうしたからとて人並みではないに相違なければ、人並みの事を考へて苦労するだけ間違ひであろ」(一三五)といった諦観が、彼女の脱出願望を押し殺してしまう。「こんな宿世」という言葉が示すように、彼女はたとえ「出世」を望んでも果たせないという諦めの気持ちを、三代にわたる宿命論に帰着させている。お力は客の結城朝之助に「私等が家のやうに生まれついたは、何にもなる事は出来ないのでござんせう。我身の上にも知られまする」(一四一)と語るが、高い理想を持ちながら世に受け入れられずに死んだ祖父や父と同じような運命を自分もたどるであろう、と考えている。

お力の、自分は本来置かれるべき場所に置かれていないという思いは強く、彼女は現実に身を置いている世界に対して激しい嫌悪感をいだいている。しかし、宿命論によって脱出願望を無駄なものとして封じ込めてしまうために、彼女の絶望感は激しいものとなる。現実の自分の姿と本来あるべき姿の大きな隔たりに苛立ち、疲れたお力に残されている現実からの脱出の道は、狂気か死の世界に入ることではないだろうか。鬱々とした絶望感から狂気の世界に入って行く女性は「うつせみ」（一八九五）の中でも描かれている。この作品の主人公雪子は、自分を恋して自殺した男への罪の意識から狂い、「家の中をば広き野原」[16]と見るが、お力も横町の闇を出て、夜店の並ぶにぎやかな小路を歩いても、自分だけは「広野の原の冬枯れを行く」（一三五）ような索漠とした気持ちで、一瞬「気が狂ひはせぬか」（一三五）という思いにかられる。

　狂気と隣り合わせに存在するのが死の世界である。お力の独白の冒頭に、「どうしたなら人の声も聞こえない、物の音もしない、静かな、静かな、自分の心も何もぼうっとして、物思ひのない処へ行かれるであらう」（一三四）とあるが、物音一つしない静まりかえったところとは、死の世界ではないだろうか。現実の息苦しさに耐えきれなくなったお力が脱出して行くことを望むところは、「広野の原の冬枯れ」と同じ荒涼としたイメージの虚無の状態なのである。実際、彼女のために家財産を失い、身を滅ぼした客の源七に殺されることにより、お力は内に絶望感をいだきながらも、銘酒屋街から脱して行ったと言えるのではないだろうか。

　「にごりえ」のお力は死によって閉ざされた世界から脱出して行くが、「わかれ道」の中では、閉塞状態から死によらずに脱していく者と、その中に取り残される者の姿が描かれている。この作品においては、作者の精神的分身は、傘屋に奉公する吉三少年と、美しいが貧しい仕立て屋のお京に分かれている。

吉三は親の顔も自分の身元も知らない孤児であり、一寸法師とあだ名されるように背が低く、肉体的にもハンディキャップを背負っている。角平獅子の境遇から拾い上げてくれた傘屋のお松の死後は、今の主人は「気に喰はぬ」が、嫌だといっても他に行く場のない身である。彼は皆から一寸法師とからかわれ、「火の玉の様な子だ」と恐れられているが、乱暴を働くのも、「慰むる人なき胸ぐるしさの余り」[17]であり、心の奥には「仮りにも優しう言ふてくれる人のあれば、しがみ付いて取りついて離れがたなき思ひ」（一九五）を秘めている。吉三の孤独感、疎外感は、「今のうちに死んでしまった方が気楽だ」（一九三）と考えるほど激しい。

愛情に飢えた吉三少年が唯一の心の支えとしているのがお京である。お京は吉三を弟のように可愛がり、「出世」するように励ましもするが、自分自身、裏長屋の貧乏暮らしは「随分胸の燃える事」（一九一）があり、耐えがたいものとなっている。結局、彼女は「詰らないづくめ」の世界から妾になることで抜け出そうとする。妾になるのをやめるように懇願する吉三に、「それでも吉ちゃん、私は洗ひ張に倦きが来て、もうお妾でも何でもよい、どうでこんな詰らないづくめだから、いっその腐れ縮緬着物で世を過ぐさうと思ふのさ」（二〇〇）と彼女は答える。お京の現在の境遇から抜け出そうとする決意は、すてばちで、決して希望に満ちたものではない。彼女は妾に行くことは「誰も願ふて行く処」（二〇〇）ではないことを知っており、現在の境遇が絶望的なものなら、そこから出て行くこともまた、別の救いのない閉塞状態に入ることを意味している。お京はお力のように死の世界に吸い寄せられてはいかないが、「世の中って厭やな物だね」（二〇〇）という言葉が示すように、彼女もまた厭世的、虚無的である。一方、お京を肉親のように思うことを心の拠り所として生きてきた吉三は、「詰らない、面白くない」、「嫌やな事ばかり降って来」（二〇一）る世界に一人取り残され、深い虚脱感に襲われる。

お力やお京や吉三と同様に、『ジェイン・エア』の主人公も物語の冒頭において、閉ざされた救いのない状況に置かれている。十歳の孤児ジェインは、義理の伯母の家であるリード家では、居候と蔑まれ、可愛げがないために召使までに疎んじられているアウトサイダーである。こうした状況の中で、彼女は「屈辱感、自己不信、侘しい憂鬱な気持ち」（一二）に常に苛まれている。ジェインの孤立感や絶望感は、雨に濡れる荒涼とした十一月の冬景色や、彼女の読むビューウィックの『英国鳥類史』の挿絵の「大波と水しぶきの中に一つぽつんと立っている岩」や「淋しい海岸にうちあげられた難破船」、「岩の上にたった一人で座って、絞首台を囲む遠くの群衆を眺めている黒い角をはやしたもの」（六）などによって表わされている。

ジェインの疎外感、絶望感が頂点に達するのは、常日頃からいじめられていた従兄のジョンの暴力に抵抗したため、罰として「赤い部屋」に入れられた時であろう。赤い絨毯とカーテンに覆われた冷たい静まりかえった薄暗い部屋は、普段は使われていない寝室で、伯父のリード氏の棺が置かれた場所でもあり、死と密接に結びついている。この部屋に入れられたジェインは、自分が死の世界に連れ込まれるのではないかと恐れ、壁に揺れ動く不思議な光を目にして、一瞬狂気にかられる。

胸がドキドキして、頭がカッと熱くなった。物音が耳を一杯にしたが、それは翼の駆ける音のように思われた。何かが私のそばにいるようだった。私は圧迫され、窒息しそうだった。どうにも耐えられなくなってしまった。(一四)

彼女は狂ったように泣き叫び、気を失ってしまう。

シャーロット・ブロンテの作品においては、しばしば指摘されるように、気絶は一時的な死であり、気を失った者は必ず新しい生へと目覚める。「赤い部屋」に入れられる以前のジェインは、皆に気に入られようとするおどおどした子供であったが、「赤い部屋」の中で、彼女は自分の置かれている状況を見つめ、何故自分は不当に酷いめにばかりあうのかと自問する。そしてこの不当な「我慢できない圧迫」から何らかの方法で、「逃げ出すか、飲まず食わずで死ぬ」(一二)かして、抜け出そうと決意する。「赤い部屋」での失神から目覚めたジェインは、もはや無力感に打ちひしがれておどおどと、不当な扱いを耐え忍んでばかりいない。彼女は自己主張をし始め、ジョンの暴力にもあらん限りの力で抵抗し、リード夫人にも自分の彼女に対する気持ちを激しい言葉で投げつける。伯母を公然と激しく非難した時、ジェインは「まるで目に見えない縄がプツンと切れて、思いもよらない自由な世界にやっと出たように」（三一）感じる。実際、彼女は間もなくゲイツヘッドのリード家という閉ざされ場所を出て、ローウッドの学校という新しい経験の待つ世界へと旅立っていく。

シャーロットの作品において、耐えがたいような状況に置かれた時、一時的な死と再生を経験するのはジェイン・エアばかりではない。『ヴィレット』の主人公ルーシー・スノウも同じような体験をする。ルーシーは異国のベック夫人の寄宿学校という小さな世界で、感情を抑圧して有能な教師という役割の中で理性のみで生きようとしているが、時折現在の生活に満たされないものを感じ、「現在の状態から自分を連れ出し、上に前にと導いてくれるもの」（一七六）を求める。彼女に危機が訪れるのは、長い休暇の間に不具で白痴の生徒と共に人気のない学校に取り残された時である。

ルーシーは引き取り手のない心も体も歪んだ子供との生活に、「何か奇妙な馴らすことのできない動物と共に監禁されているような」（二二九）息苦しさを感じる。今までその中に自己を埋没させてきた教師という演じるべき役割もなく、ルーシーは自分自身の生を見つめることを余儀なくされるが、彼女にとって人生は「緑の原も椰子の木も泉も見えない黄褐色の砂地、望みのない砂漠」（二二八）のように思われ、「あらゆる現世的なものの終わりに早く行き着きたいという絶望的な諦め」（二二八）にしばしば襲われるようになる。そして、ルーシーも「にごりえ」のお力と同じように虚無の世界に引き込まれて行き、「運命は決してなだめることのできない私の永遠の敵」（二二九）といった宿命観の中にのめり込んでいく。

白痴の生徒が伯母に引き取られ去った後も、ルーシーの孤独感、絶望感はつのり、不眠と悪夢と奇妙な熱病に悩まされ、静まりかえった広い共同寝室のベッドが「幽霊」のように、「その飾環は陽に晒されて白くなった巨大なしゃれこうべ」（二三二）のように見えてくる。どうにも耐えきれなくなったルーシーは、プロテスタントにもかかわらずカトリック教会に行くが、神父の声を耳にして自分の気持ちを伝えただけで安らぎを得る。教会を出た後、彼女は道に迷い雨風に打たれて気を失ってしまう。だが、ルーシーは気を失う前にすでに虚無的な世界から抜け出し、内なる生と自由への飛翔の衝動を自覚している。

私は風に対抗しようと頭を屈めた。だが、打ち負かされてしまった。私の心はこの戦いでまったく怯まなかった。私はただ翼があって、強風の中を舞い上がり、風の力に乗って翼を広げて休め、風の行く道を走り、風の吹くままに飛んで行きたいと思うだけだった。（二三六）

『ジェイン・エア』においてと同様に、ここでも気絶はこれまでルーシーが送ってきた精神生活の一つの終焉を意味し、新しい生への目覚めへと通じるものである。意識を取り戻した時ルーシーは、子供の頃自分を可愛がってくれたが、十年前に疎遠になってしまった名付け親のブレトン夫人の家にいることに気づく。体が回復するまでしばらく彼女はブレトン家の世話になることになるが、ブレトン家は、ルーシーの平穏であった子供時代と苦しい現在の生活を結ぶ接点になっている。カトリック教会行きと気絶を契機として、彼女はそれまで抑圧してきた感情の重要性を自覚するようになり、ブレトン夫人や息子のジョン・グレアムの優しい心遣いに助けられて、「新しい信念、幸福を信じる心」（三三四）を持つようになる。

このように、ジェインもルーシーも自分の置かれている状況の息苦しさに耐えられなくなったときに、狂気に駆られたり、虚無的な世界に引き込まれて行き、一時的な死を経験したりする。しかし、彼女たちは苦しみと死から必ず目覚める。そして、目覚めたときには、置かれている状況はさして変わっていないが、精神的極限状態からはすでに脱して、自分も他人も以前とは違った目で見ることができるようになっている。彼女たちにとって、苦しみと一時的な死の体験は、精神的成長と前進への引き金になっていると言えるのではないだろうか。

ジェインやルーシーとは対照的に、お力とお京は現実に身を置く銘酒屋街、裏長屋の貧乏暮らしという外の闇からは脱出していくが、内なる心の闇からは抜け出すことができない。お京に去られた吉三にいたっては、どうにもならない孤独地獄の中に置き去りにされてしまっている。一葉は女戸主としての責任の重圧に喘ぎ、女であることの無力感にたえずつきまとわれていた。また、従兄の樋口幸作の死を耳にして、「浅ましき終をちかき人にみる、我身の宿世もそゞろにかなし」（二五三）と「水の上日記」に書いているように、病弱な彼女は常に死を意識していた。「虚無のうきよに好死処あれば事たれり」（二〇五）という日記の一節は、一葉の究極的な虚無感を表わしているが、彼女の作品の主人公たちも、絶望的な虚無の世界からは脱出できないのである。

シャーロット・ブロンテは彼女の伝記を書いたギャスケル夫人に、「人の中には悲しみと多くの失望を前もって定められている者もいる。……自分はどんな喜びも期待しないように訓練しようとしている」[18]と語ったという。しかし、彼女はまた悲しみと失望に満ちた現実を抜け出して、自由と活気に溢れた広い世界に羽ばたきたいという願望もいだいていた。行動的なフェミニストの友人メアリー・テイラーの手紙を読んだ時の気持ちを、シャーロットは次のように述べている。

メアリーの手紙を読んだ時、何とも言いがたいものが胸にこみ上げてきました。抑制と着実に働くことに耐えられない思い。翼―富が与えうるような翼が欲しいという強い願望。見たい、知りたい、学びたいという激しい渇望。心の中の何かが一瞬体の中に広がるように思いました。私は能力をまだ働かせていないという意識で苦しみました。……このような反抗的な馬鹿げた感情はほんの一瞬のもので、私は五分間でそんな気持を抑えてしまいました。[19]

この後彼女は、私塾開設を目指してブリュッセルに留学し、つかの間翼を広げ、恋をするが、これも片思いに終わる。帰国後も、『ジェイン・エア』が成功して作家としての名声を得るが、弟や妹たちを相次いで失うという不幸にみまわれ、年老いた父親と共に田舎の牧師館に残される。厳しい現実を前にして、しばしば押し込めてしまわなければならなかった飛翔への願いを、シャーロットは自分の創り出した作品の主人公たちに、神秘的な死と再生という体験を通して託したのであろう。

樋口一葉もシャーロット・ブロンテも、ジェンダーと彼女たちの個人的、社会的状況という言わば二重の枷を掛けられていた。だが、二人は共に多くの制約や障害にもかかわらず、胸に秘めた人間としての自己実現の思いをかなえようと苦闘し続けた。作品の絶望的な閉塞状況とそこからの脱出というパターンの中に、彼女たちの自分たちが置かれた逆境への粘り強い戦いを感じ取ることができるのではないだろうか。

第二章

女性の権利

清水紫琴と西欧思想

明治元年生まれの清水紫琴（一八六八―一九三三）は、女性がほとんど何も権利を持たず画一的な生き方を求められた時代に、十代の頃から自由民権運動にかかわり、二十代には女性の地位向上を目指した『女学雑誌』の記者、編集責任者として、三十三歳で筆を折るまで、執筆活動を通して女が置かれている状況を変革しようとした。私生活においても彼女は、十代での結婚、離婚、未婚のままでの出産、そして再婚と、波瀾に富んだ人生を送っている。

明治二十四（一八九一）年につゆ子という筆名で発表された短編小説「こわれ指環」は、清水紫琴の処女作である。「こわれ指環」中では、若い女性の不幸な結婚生活を通して主体性に目覚めていく過程が一人称回想形式で語られるが、作者自身の離婚体験を基にして書かれたと言われるこの作品には、紫琴の中心的な二つの思想が見られる。一つは基本的人権意識に基づく男女平等思想であり、もう一つはキリスト教倫理に基盤を置く結婚観である。こうした明治社会における女性の立場の変革にかかわる近代的な西欧思想が、「こわれ指環」をはじめとして、彼女の作品の中でどのような形で表われているか、また、紫琴はどのようにしてこのような思想を身につけたかを考えてみたい。

「こわれ指環」において、作者の分身であると思われる主人公は、儒教道徳の強い田舎で育つ。学校では忍従と自己犠牲が女性の美徳であると教えられ、家庭でも母が父に遠慮ばかりしている姿を目にして、「婦人の運命は憐れはかないものよとのみ思ひ込」み、時には「どうも婦人の運命は誠につまらないが、どうか私は一生人に嫁がないで、気楽に過ごす事はできぬ事か」と考えることもあった。だが結局、彼女は父親の強制により気の進まない結婚をしてしまう。結婚してみると、夫には以前から他に女性がいることがわかり、彼女は身勝手で横暴な夫のために「不遇悲惨」の二年間を送る。

しかし、その間に主人公は「女子の為に慷慨する身」となり、「一人前の人間にならねばならぬという奮発心」(一四)を起こす。丁度日本でも女権論が勃興しかかった頃で、読書好きな彼女は、新刊の書籍や女子に関する雑誌を通して「泰西の女権論」の影響を受け、「不幸悲惨は決して女子の天命でない。……日本の婦人も、今少し天賦の幸福を完ふする様にならねばならぬ」(一二)と思うに至る。それ故彼女は、忍従や自己犠牲の儒教的美徳を捨て、「夫の行ないをため直して、人の夫として恥しからぬ丈夫にならせたいといふ、一歩進んだ考へ」（二二）を持つようになる。しかし、夫は「賢しげに女の分際で少しの文字を鼻に掛くるか」（二二）と女性蔑視の態度を変えず、結局彼女は離婚して、多くの少女に自分のような轍を踏ませないように世のために働こうと決意する。

不幸悲惨な宿命に甘んじることをやめ、人間として目覚め、自立していく「こわれ指環」の主人公に大きな影響を与えた「泰西の女権論」とは、どのようなものだったのだろうか。また、紫琴はどのようにして日本の女性も「天賦の幸福を完ふする」権利があるという、「天賦幸福」、「天賦人権」思想を身に付けたのだろうか。

紫琴は『女学雑誌』の記者となり文筆活動を始める以前から、自由民権運動にかかわり、女性の権利拡張を主張していた。明治二十（一八八七）年十月、二十歳の紫琴、岡崎とよは、奈良瓦堂劇場の民権運動の集会に夫の岡崎晴正と共に参加して、「女学校の設立を望む」という題で演説している。離婚後の明治二十二（一八八九）年一月に京都大市座の演台に立った時の「女権拡張の方策、敢て日本の未婚の令嬢諸君に告ぐ」という演題も、彼女の女性の権利に対する強い関心を示している。また、明治二十一（一八八八）年八月には植木枝盛の『東洋之婦女』に序文を寄せ、「十九世紀文明の歴史は女権拡張の歴史なり、この世紀ほど欧州においても、米国においても、婦人社会に変動を来したるの時はあらじ」[2]とし、女権拡張の波が太平洋を渡って日本にも押し寄せて来た、と述べている。

こうした自由民権運動にかかわっていた頃の若い紫琴が愛読していた書物は『社会平権論』であった、と子息の古在由重は「明治の女―清水紫琴」の中で語っている。[3]『社会平権論』はハーバート・スペンサー（一八二〇―一九〇三）の *Social Statics*（一八五一）を松島剛が明治十四年から十六年に翻訳、出版したもので、自由民権運動家たちに大きな影響を与えた。板垣退助はこの書を民権運動の教科書と呼んだという。また、女性の権利について論じたこの書の第十六章 "The Right of Women" は、明治十四（一八八一）年に井上勤によって『女権真論』という題名で翻訳、出版されている。

『社会平権論』の中でスペンサーは、「人類ノ幸福ハ天意ナリト云フ天下ノ通理」[4]という「天賦幸福論」を主張した。また、ベンサム流の「便宜主義」を批判し、彼の自由主義は実利功利ではなく、「道義感情」に基づくとしている。「道義感情」とは、「全社会ノ幸福ニ必要ナル正言方行ヲ人ニ勧ムル官能」（三四）であるという。この書の中心思想である「同等自由ノ法則」は、松島によって次のように訳されている。

天ハ人類ノ幸福ヲ好ミ、而シテ人類ノ幸福ハ、其官能ヲ作用スルニ由リテ、唯得ラル可シトセハ、則チ天ハ人類ノ、其官能ヲ作用セン事ヲ好ムナリ、詳ニ之ヲ言ヘハ、官能ヲ作用スルハ人類ノ義務ナリ、……然レトモ、此義務ヲ尽サントセハ、必ラス先ツ行為ノ自由ナカル可カラス……天ハ人類ノ自由ヲ有セン事ヲ欲スルナリ、故ニ人類ハ其自由ヲ有スルノ権理アリ、夫レ然リ、然レトモ斯権理タルヤ、一人ノ権理ニ非スシテ、万人ノ権理ナリ、盖シ、万人、等シク、天賦ノ官能ヲ有スルヲ以テ、亦タ等シク之ヲ作用シテ以テ天意ヲ履行スルノ義務ヲ荷ヘリ、（一二九–一三一）

要するに「同等自由ノ法則」とは、人間は神から与えられた能力（「官能」）を発揮することによって幸福になれるのであり、人はすべてそのために必要な行動の自由の権利を有するというものなのだ。

スペンサーはこのような「同等自由ノ法則」は女性にも適用されるべきであると説いている。松島訳『社会平権論』の第十六章「婦人ノ権理」は次のように始まる。

夫レ公道ハ男女ノ別ヲ知ラス、人ナル文字ハ、之ヲ解スルニ、概通ノ意義ヲ以テスヘシ、特別ノ意義ヲ以スヘカラス、同等自由ノ法則ハ、人類ノ全体、即チ男女ニ適用スルヤ明白ニシテ、男子ノ為メニ、其法則ヲ立定セシ所ノ道理ハ、亦タ等シク、之ヲ婦人ノ為メニ応用スルヲ得ベシ、而シテ男子カ依リテ以テ、其法則ニ応セシ所ノ道義感情ハ、等シク亦タ、婦人ノ心裡ニ具備セリ、是ヲ以テ、其法則ヨリ推理演繹セラルヘキ許多ノ権理ハ、等シク男女両性ニ属セサルヘカラス、(二六六―二六七)

「同等自由ノ法則」の基盤となる「道義感情」は、男性だけでなく女性の心にもあるのだから、この法則から導き出される権利はすべて、男女両性に属するというのが、この法則が女性にも適応されるべき理由である。今考えればあたりまえのことだが、この時代には声高に主張しなければならなかったのだ。

第十六章九節において、スペンサーは「同等自由ノ法則」から女性の参政権も認めている。「婦人ノ任ハ家内ニ在リ」、「其性質ト地位トハ、之ヲシテ、公事ニ参与セシムル事ヲ許サス」、「政務ハ婦人ノ分限外ナリ」(二八九)といった婦人参政反対論を、彼は「婦人の分限」は民族や時代によって異なる習慣であって、何が本当の「婦人の分限」であるかわからないという理由で退けている。

紫琴の作品の中で、こうしたスペンサーの思想の影響がより明確な形で表われているのは、女性の政治活動を禁止した法律に抗議した社会評論であろう。明治二十三(一八九〇)年に公布された「集会及政社法」は女性の政治活動を全面的に禁止したが、これに抗議して紫琴は『女学雑誌』八月三十日号に「何故に女子は、政談集会に参聴することを許されざるか」を書いた。その中で彼女はスペンサーと同じように、女性も人間として男性と変わりなく備えている諸能力を発揮する自由を与えられるべきだとし、その自由を剝奪されたことに対して抗議している。ここで紫琴は、松島訳『社会平権論』の中で使用された"faculty"（能力）にあたる訳語「官能」という言葉を用いている。

> このたび改正せられたる政社および集会法第四条ならびに第廿四条中、女子の二字あるが為に、吾等二千万の女子は皆ことごとく廃人となれり。……また吾等女性はこの世上に生存し、人間としては、各自一個の霊魂と総ての官能とを、具備しをるものなるに、独り女子てふ名称の下に在ればとて、その霊魂官能の自由をば、かくの如く男子よりも幾層酷に剝奪せらるるは、果たして何等の理由に基づくものなるか、予輩はこれを了解するに苦しむなり。[5]

またこの評論の中で紫琴はスペンサーと同様に、女性は「育児整家の責あるが故に全く政談集会に参会するを得ず」という「通論」（二六八）を、君主専制の時代ならばともかく、立憲政体の文明国では「薄弱なる原由」であるとして、退けている。

さらに、明治二十三年十月の『女学雑誌』二三四号に掲載された「泣いて愛する姉妹に告ぐ」においても、紫琴は「衆議院規則案、女子の傍聴禁止」に対して、「儂等女性の権利は、どこまで狭めらるるにや」[6]と天賦人権論に基づいて抗議している。国会とは人々個々の権利を重んじて、一国の太平を相談するために開かれるものなのに、女性は代表者を国会に送ることができないばかりか、傍聴することもできない不当性を突く。そしてここでも彼女は、「婦人が、国会を傍聴するは無要の事なり、その分限を越ゆるものなり」(二七九)という習慣を基礎とした「通論」にスペンサーと同じ理由で反論し、立法者は「多年の習慣に拘泥して、婦人の分限てふものを誤りたる外ならざらむ」(二八一)と述べている。

紫琴はこのように政治の場での女性差別にも抗議したが、彼女が重点を置いたのは、「こわれ指環」で主張したように、女性が毎日の生活で直面するより切実な問題である家庭内での男女平等思想の実現であった。「こわれ指環」の主人公に生きる指針を与えた「泰西の女権論」の一つは、無論スペンサーの女権論であろう。

スペンサーは『社会平権論』の中で、天賦人権意識から家庭内における男女の平等な関係を主張している。貧しい人を支配する権利を富んだ人に与えることは、貧しい人の人権を破ることになるのと同じように、女性を支配する権利を男性に与えることは、女性の権利を破ることである。男性が女性を命令抑圧するのは野蛮な風習の遺物であり、文明の進歩した社会においては男女同権が実行されるべきである、と彼は考えている。また、スペンサーは結婚生活において命令は愛情を損なう原因であるとも述べている。

スペンサーの『社会平権論』と共に紫琴の女性解放思想の形成に影響を与えたと思われるのは、人間の本質的平等、基本的人権意識に基づいて女性が男性に隷属することの非を説いたジョン・スチュアート・ミル（一八〇六―一八七三）の『女性の隷従』（*The Subjection of Women* 一八六九）であろう。ミルのこの書は、明治十一（一八七八）年に深間内基によって『男女同権論』という題名で翻訳されている。自由民権論者、女権拡張論者で紫琴とも親しかった植木枝盛は、スペンサーと共にミルも読んでいたという。従って確証はないが、紫琴も深間訳の『男女同権論』を読んでいた可能性は強い。

『男女同権論』はミルの『女性の隷従』の前半一、二章の翻訳で、女性の参政権を扱った三章以下は含まれていない。第一章でミルは法律的に女性が男性に従属している事実を指摘し、それは女性が男性よりも肉体的に劣っていた不合理な力の法則の歴史に基づくもので、昔の原始的奴隷制度の継続に過ぎない、とその不当性を突いている。そして、近代社会においては、人は一定の身分に縛られることなく自由に自分の能力を用いて最も望ましい運命を試してみることができるのだから、女性にもあらゆる地位と職業を開放するべきだ、と説いている。また第二章では、具体的に英国で法律上いかに女性が男性に隷属しているかを指摘してその弊害を説き、男女が平等であることが夫婦双方にとって唯一の正しい関係である、と主張している。

こうしたスペンサーやミルなどの「泰西の女権論」が紫琴の理論的支柱となっていたことは

確かであろう。しかし、家庭内の男女の平等な関係を求める気持ちがより切実だったためか、紫琴は観念的な男女同権論を説くよりも、具体的に現実の生活で女性がどのような立場に置かれているか、どの程度男女同権が実行されているかに関心を持ったようである。

紫琴は「こわれ指環」では「不幸悲惨」な結婚生活から脱して天賦の幸福を全うしようとする女性を描いたが、その後の小説「野路の菊」（明治二十九〔一八九六〕年）、「心の鬼」（明治三十〔一八九七〕年）、「磯馴松」（明治三十年）、「したりゆく水」（明治三十年）等の中では、男性のエゴイズムと、本妻や妾とその子供たちの天賦の幸福を奪われた姿を描いている。また、『東洋之婦女』の序文をはじめ、「敢て同胞兄弟に望む」（明治二十一〔一八八八〕年）、「五十歩百歩」（明治二十三〔一八九〇〕年）等の評論随筆の中では、「すべての権利は同一なりしかれども婦女の権は男子より小なり」[7]といった民権論者や、世間の女性の権利を拡張することは好きだが、自分の妻はやはり何もせずおとなしく家に引っ込んでいてくれたほうがよいという女権論者、妾を囲っている一夫一婦論者等の観念と現実の矛盾を突いている。そして、「当今女学生の覚悟如何」（明治二十三年）に見られるように、こうした現実を変えていく改革者としての主体性を女性自身に持つように求めている。

「泰西の女権論」の影響を比較的生の形で示していると思われるのは、男女の特性についての紫琴の考え方であろう。ミルは両性の天性から男性は支配し、女性は服従するのに適しているという通説を否定している。深間訳『男女同権論』によると「偖当時世人ガ婦人ノ性質ナリト唱フルモノハ、元ト人造ニ係ルモノニシテ一方ヲ壓抑シ一方ヲ簸揚シテ成熟セルモノ也」[8]、と女性の性質と言われるものは男女の力関係により人工的に作られたものであるとしている。そして、男女の知的および道徳的差異の多くは、教育や外部の環境によって説明することができるもので、それが生まれつきの相違であるとする証拠はみな消極的なものである、と『女性の隷従』に記している。

紫琴も女子教育や子育てに関する評論や随筆の中で、男女を区別し、性差別することを批判し、両性の特性と言われるものは天性ではないことを指摘している。「女子教育に対する希望」(明治二十九年)においては、紫琴は当時の良妻賢母教育を「あまりに女子てふ名義に拘泥したまひて、女子もまた人たるの、根本的教養を、外にしたまへるにはあらざるや」[9]と批判し、男性は父、夫たる心得の他に一国民としてまた人類の一員として教育されるのに、女性には男性を対象としての「母妻的教育」のみが行われている非を突き、「今日まで多くの女子教育の精神にては、男子が私有すべき女子を造るには、あるひはかへって便利にてもあるべきか。されど相扶け相励まして、人たり民たるの道を尽くすには少しく遺憾あるまじくや」(四七八)、と問いかけている。彼女は女性を女性として教育すると共に、「男女両性を通じて有すべき性格」、「完全なる形において両性を兼ねたる」、「完全なる人としての性格の発達(四七九)」を女性にも遂げさせるべきである、と述べている。また、「男女気質」（明治三十二〔一八九九〕年）には、「男心は秋の空のように放縦」であり、「女心は水性の浮薄」であると言われるが、それは天性ではなく、「婦人は男子をたよりとするを免れ」ないために「弱者」となり、男子は婦人を「おのが保護の下に置くべき優越者」[10]の地位に居ることから来るものである、と記している。そして、「まことの夫婦の契りを神聖なるもの」にするには、「婦人にも相当の自活力を具へしむる」（五三一）ことが必須であると、紫琴は女性に経済的自立を勧めている。

妻の夫に対する隷従と一夫多妻制を許す封建的な結婚制度を否定する紫琴は、どのような結婚形態を理想としていたのだろうか。「こわれ指環」の愛のない結婚生活を清算した主人公は、「とはいへ今ではおひおひ結婚法も改まり世間に随分立派な御夫婦もござりますから、それらの方のありさまを見ますと、なぜ私は、ああいふ様に夫に愛せられ、また自らも夫を愛することが出来なかったのかと、この指環に対しまして、幾多の感慨を催す事でござります」（二三）、と語っている。田舎育ちの彼女は、結婚前には「西洋人の夫婦間のありさまなど」少しも知らず、「完全なる婚姻法」がどのようなものであるかまったく聞いたこともなく、ただ「日本古来の仕来りのままをあたりまへの事」（一五）と考えていた。また、夫の行いを改めさせようとする努力が報いられなかった時、「あはれ私に、モニカほどの力はなくも、せめて今少し夫の敬重を惹く価値がありますなれば」（二二）、と彼女は悔やんでいる。モニカとは、四

―五世紀のキリスト教の教父聖アウグスチヌスの母で、彼女が怒りっぽい乱暴者の夫を温かく諫め「温厚なる主人」に変えたという逸話は、『女学雑誌』十七号（明治十九年）に「アウガステン母モニカの伝」で紹介されている。こうしたことから、紫琴が理想とするのは、夫に隷属する妻を要求する儒教道徳に基づく封建的な結婚とは対照的な、夫婦の人格的恋愛を基盤とする西欧型の結婚であると思われる。

　紫琴が近代的な「西洋人の夫婦」を理想としていることは、「こわれ指環」というこの小説の題名からも窺われる。平凡社の『世界大百科事典』によると、指輪は一八三〇年代に支那から伝来し、初期には「ゆびかね」または「ゆびはめ」と言われたが、明治時代に欧米文化が移入されると共に「ゆびわ」と呼ばれるようになったという。ただし指輪が用いられたのは東京近辺だけで、京阪地方では、明治三十（一八九七）年頃までまれであったそうだ。[11] 指輪は言わば西欧文化の一つの象徴と言えるだろう。「こわれ指環」の主人公は、夫から買い与えられた指輪の玉を抜き取り、この玉のない指輪を離婚を契機とする自立の記念にはめる。彼女はその指輪はなんとなく夫から買い与えられたものだが、「今から申せばこれを契約の指環と申しても差支へはないでございませふ」（二五）と語っている。

　指輪を結婚の契約の印とし、その破損は婚姻の破綻を意味するという発想は、『女学雑誌』一〇八―一一四号（明治二十一年）に連載された指輪にまつわる西洋の習慣や伝説を紹介した久松定弘の「戒指考」からヒントを得たと思われる。一一二号の「その三」では、結婚の時に交換した指輪の破損は、夫婦一方の不貞、死、あるいは不和に通じるというヨーロッパの迷信が紹介されている。

紫琴の理想とする夫婦像をより具体的に示しているものの一つは、「こわれ指環」の発表された前年明治二十三年の『女学雑誌』の読者との交信欄「問答（細君たるものの姓氏の事）」であろう。妻は夫の家の姓を名乗らなければならないかという読者の問いに、紫琴は「全躰夫婦とは、婦人が男子に帰したるの謂ひにあらず、一人前の男と女が、互ひに相扶け、相拯ふの目的をもて、一つの会社を造りたる訳のもなれば、いづれが主、何れが客といふ筈のもには候はず」[12]とし、夫には夫の姓、妻には妻の姓があって当然だと答えている。彼女は、家庭においては夫も妻も平等な立場にあるという見地から、「夫婦別姓」も認めているのだ。

こうした対等な男女の人格的結びつきを基盤とする紫琴の結婚観の根底には、民権運動で培われた基本的人権思想があることは言うまでもないが、明治二十三年から十年以上も記者、編集責任者、執筆者としてかかわった『女学雑誌』の思想的基盤であるキリスト教思想の影響もあるように思われる。[13]

紫琴は夫岡崎晴正と離婚した直後の明治二十二年六月に「一夫一婦建白書」を元老院に提出し、女性だけが姦通罪にとわれる刑法の条文を男女共に罰せられるよう改訂するように要求した。これは紫琴が『女学雑誌』に入社する以前のことであるが、「一夫一婦建白書」は『女学雑誌』の主唱することでもあり、第一六六号ではこの問題を取り上げている。

一夫一婦制をはじめとして、キリスト教の「神の前の全人類平等」の観念に根ざす近代的家庭（「ホーム」）の確立は、『女学雑誌』を主宰する巖本善治が「女学」思想に基づいて展開した活動の目標とするものである。巖本の「ホーム」論は、はっきりとした男女の役割の概念に基づく「良妻賢母主義の源流」であるという見方もある。[14] 確かに、彼の理想とする夫婦像を明らかにした、『女学雑誌』第二二四―六号（明治二十三年）に連載された「細君内助の辨」においても、「夫は男子の性として外に働くが故に、妻は女の性として内に留まる」[15] とか、「夫は外に出で、働き、妻内に居て働く、之れ内外に於けるの陰陽なり」[16] という言葉が見られる。また彼は、外の世界で働き疲れて帰宅した夫を妻は「女の優しき天性」で慰めるべきである、とも述べている。

だが、巖本は妻を夫の単なる「慰め手」とは見ていない。妻は夫と共に「一事業を分担する同業者」であり、夫の「朋友」である。夫と妻は「一身同体」であり、互いにその「半身」である。そこには上下主従の関係はない。従って結婚相手を選ぶ場合は、理想に対して同じ精神を持って互いに助け合って同一の事業をなすことができるか否かを選択の第一目標にしなければならないと彼は考えている。また、従来夫は外で働き、妻は内に留まるが、同業者であるから、夫が妻を助けてその事業をなさしめる場合もあるとし、その実例として、米国女子教育の主唱者ウィラード夫妻らを挙げている。さらに「細君内助の辨（中）」の中では、理想的な愛とは「肉の愛」ではなく「霊の愛」であり、「最高の愛とは、其人を善に導き、其人を美しき人物とし、人間として其人を義なる聖なる人物と為さんと欲するに在り」（五）、と巖本は述べている。

巖本の家庭観の夫婦を「同業者」と見る部分は、紫琴のそれに類似しており、彼女は巖本から影響を受けたと考えてよいだろう。また、巖本が理想とする「霊の愛」には、夫を「善に導」いた聖アウグスチヌスの母に言及することで「こわれ指環」でも触れているが、紫琴の二作めの小説「一青年異様の述懐」（明治二十五年）は、より明確な形でこの愛を描いている。

この小説は主人公の青年が自分の恋愛体験を一人称で語るものであるが、その恋愛の特徴は、彼の愛が相手の女性の人格に対する尊敬の気持ちからきていることである。初対面の時には一、二語言葉を交わしただけだが、主人公はこの女性の「非凡の資質」を感じ取り、それに対して「敬という念」が起こる。それまで女性を「土芥視し、もしくは悪魔視し」ていた青年は、この時から女性一般に対する考えも変わる。彼は自分の愛が「肉の愛」ではなく「霊の愛」であることを、次のように語っている。

さらば、その恋の原因は、なんの辺にありしか。美しき彼女の眉か。涼やかなる彼女の眼か。さらずは閑雅なる挙止か。朗らかなる声か。はたまた富胆なる才藻か。これらのものもとより一瞥の価値なしとせず。しかれども予は、彼女の外においてもまた、これらのものを見たりし。されども予は少しも、心を動かす事なかりき。ただし彼女において異様に感ぜしところのものは、かれが身より、放つところの霊光にてありき。彼女が、人を清くし、人を優しく化する。何とも名づけ難き気に感ぜし時は、これ既に予が、恋の人となる始めにてありき。[17]

紫琴はキリスト教徒にはならなかったが、巖本善治や『女学雑誌』の編集に共に携わり親しい友人でもあった川合信水（山月）らの影響下にキリスト教に接している。特に未婚のまま民権運動家大井憲太郎の子供を出産した前後には、苦境に立たされた紫琴は、キリスト教に救いを求めようとしたようである。出産前の明治二十四年五月から七月までの川合信水宛の手紙がそのことを示している。[18] 男に裏切られ、その男の子供を盗み、挫折感と罪の意識に悩む女性がキリスト教に救いを求める姿は、紫琴の後の小説「葛のうら葉」（明治三十年）に描かれている。

紫琴の処女作「こわれ指環」に見られる天賦人権思想とキリスト教思想に根ざす男女の人格

的結びつき、夫婦愛の尊厳というテーマは、部落民問題を扱った彼女の最後の小説「移民学園」（明治三十二［一八九九］年）の中でも取り上げられている。この作品は島崎藤村の『破戒』に影響を与えたと言われているが、これまで女性の人権を無視する性差別に向けられてきた紫琴の抗議と批判は、ここでは社会差別に向けられている。

平民主義者として知られる進歩的な政治家で現内閣の大臣の一人でもある今尾春衛と妻清子は、相愛の幸福な夫婦であるが、唯一つ清子の気がかりは、行方不明の父親のことである。父は妻の亡くなった後、男手一つで清子を育て、彼女を学校の寄宿舎に入れて教育する。卒業後教師をしていた清子は今尾と結婚するが、その直後父は行方をくらましてしまう。やがて、清子のもとに父親が重病であることを知らせる手紙が来る。手紙の住所の京都柳原床銭座村を訪ねてみると、そこは未解放部落であり、病床の父の話から彼女は初めて自分が新平民の子供であることを知る。基本的人権意識に基づく紫琴の社会差別への抗議は、清子の次のような言葉に込められていると言えよう。

新平とても人の子の、道は一ツを立ててこそ、人と生まれし甲斐はあれ。同じ人の子、平民を、など新旧には分ちしぞ。差別なしとは表向き、世の習はしは、新といふ、文字のすべてに喜ばるる、それに引換え、平民の上に冠りし新の字は、あらゆる罪と汚れをば、含めるもの、世の人に誤らるるも理や。[19]

この小説においてもう一つ注目すべきことは、「こわれ指環」の主人公が実現できなかった理想的な夫婦愛が描かれていることだろう。自分の素性を知った清子は、大臣である夫に迷惑がかかることを恐れて離婚を考える。小説の前半において、「敬慕」する夫にいかに愛されているかが清子の口から語られるが、平民主義者の今尾春衛は世間の差別と偏見を前にしても、その名に違うことなく、たじろがず、妻に対する愛も変わることがない。彼は大臣を辞任した後、「人は女々しと笑はば笑へ、人道の為め、しばらく身を教育事業に転じつつ、おもむろに時機を待つべし」(二三一―二三二)として、清子と共に新天地を求めて北海道に移住する。そこで、彼は自分が父、清子が母となって、部落民の子供たちを「心さえ新しき」人間に育てようとする。こうして互いに助け合って「一つの会社」を作っていこうとする夫婦こそ、紫琴が理想としたものである。

人間は皆平等であり、幸福を全うする権利があるという思想と、男女の人格的な結びつきを基盤とする家庭の創造は、「こわれ指環」から「移民学園」まで紫琴が首尾一貫して追い続けてきたテーマだと言えよう。彼女の思想は、自由民権運動時代に親しんだスペンサーやミルの天賦人権論や女性解放思想、また巖本善治や『女学雑誌』の同僚たちを通して接したキリスト教思想の影響を受けて形成されたことは疑いないだろう。しかし、彼女の思想は単なる観念的な主義主張ではなく、早婚、離婚、未婚のままでの出産、そして再婚を通して、苦しみつつも主体性を貫こうとした彼女の実生活や、女性として差別を肌で感じた切実な思いに裏打ちされている。紫琴が再婚して家庭に入り、後半生に筆を折ってしまったことは残念である。悩みぬいた上の苦渋の選択であったことだろう。そこにこの時代を生きた女性の矛盾と限界があるとも言えるが、明治社会で、女も人間であるという強い意識から自分たちの置かれている状況を変革しようとした女の「声」は、評価されるべきであろう。

第三章

知恵を磨く　野上弥生子と西欧

野上弥生子（一八八五―一九八五）は明治、大正、昭和という三つの時代を生き、百歳で生を閉じるまで創作活動を続けた。その長い生涯を通して、彼女は女も知恵を持ち、絶えず成長するように努力すべきだと考え、この姿勢を貫いた。彼女が大変な読書家で、和漢のみならず広く西欧の文学にも通じていたことは、弥生子のこの生きる姿勢を示す一つの表われだと言えよう。読書から得た教養は、彼女の創作にも影響を与えている。『海神丸』（一九二二）はダンテの『新曲』の「ウゴリーノ伯爵が子供まで食べるおそろしい物語」[1]に触発されて、『利休と秀吉』（一九六二）はポーランドの作家シェンキエヴィッチの『クオヴァディス』の中の「ネロとペトロニウスの政治家対芸術家という対立関係が、秀吉と利休のイメージに結びついて」[2]生まれたという。また、『真知子』（一九二八―一九三一）はジェイン・オースティンの『高慢と偏見』を下敷きにして書かれたと思われる。さらに、弥生子は『ギリシャ・ローマ神話』をはじめとして、女性初の大学教授である十九世紀末のロシアの数学者ソーニャ・コヴァレフスカヤの伝記、チャールズ・ラムの『沙翁物語』、オースティンの『高慢と偏見』を基にした『虹の花』など、数多くの翻訳や翻案を手掛けている。こうした翻訳に必要な語学力の基礎や西欧文化に対する関心は、どこで築かれ、どのように育てられたのだろうか。また、どのような外国の作品が若い弥生子に強い感銘を与え、後の彼女の創作にも影響を与えたのだろうか。

弥生子は明治三十三（一九〇〇）年に十五歳で故郷の大分県の城下町臼杵から上京して、当時巣鴨の庚甲塚にあった巖本善治の主宰する明治女学校の普通科に入学した。彼女は明治女学校で過ごした六年間は自分の「一生の傾向に殆んど運命的な影響」[3]を与えた、と述べているが、この「風変りな学校」で得たものが、弥生子の西欧的教養の原点であった、と言えるのではないだろうか。

弥生子の精神形成上において重要役割を果たした明治女学校とは、どのような学校だったのだろうか。明治女学校は弥生子の生まれた年でもある明治十八年に、木村熊二、鐙子夫妻によって創立された。木村熊二は祖母、母、子らを妻に託して、明治三年に森有礼の一行に加わって渡米したが、十三年間のアメリカ生活は、彼に日本における女子教育の必要性を痛感させたようである。彼は「帰朝の後深く我国婦人の教育に欠くるに感ずる所あり」[4]と言って、これを明治女学校創立の動機としている。また、明治五年の妻への手紙には「日本の女は無学ニ而当地の女とくらべ候へば実に気の毒の様に存じ候」（四三五）と書いている。こうした熊二のアメリカでの実感を根底に開設された明治女学校は、キリスト教の信仰に基礎を置き、英語英文学教育を重視しながらも、当時の外国人宣教師によるミッション・スクールとは異なり、日本古来の伝統をふまえ、日本人が主体となった女子教育を目指した。木村から主宰を引き継いだ巖本善治の、神の前では男も女も平等であり、自由な環境の中で女性の可能性を開発しようという教育理念のもとに、星野天知、北村透谷、島崎藤村らの多彩な教師の教えを受けて、明治女学校からは、相馬黒光、羽仁もと子、山室機恵子らの先駆者的人材が生み出された。

弥生子が入学した当時は、隆盛期に麴町にあった校舎が火事で焼け、学校は巣鴨の奥のくぬぎ林の中に移転していた。弥生子の最後の未完の長編小説『森』（一九八六）は、日本女学院という仮名のもとに登場するこの「森の学園」を舞台にした小説である。小説中の門も塀もない美しいくぬぎ森林の中に点在する白いコッテジ風の洋館の教室、日本家屋の寄宿舎、勝海舟の寄贈した道場、後に新築された講堂などの「お伽話の学校めいた学園」は、弥生子の回想記の中の明治女学校にぴったりと重なり合う。弥生子の分身である小説の主人公菊地加根の体験する日本女学院の学校生活と、弥生子自身が随筆や対談の中で回想する明治女学校での体験を比較しながら、「森の学園」が最後で唯一の高等科の卒業生野上弥生子に与えた影響を、西欧文化とのかかわりを中心に考えてみたい。

　まず第一に、弥生子はどのような英語教育を受け、どのような外国の作品に接したのだろうか。小説『森』の中では、満十五歳で九州から上京して日本女学院に入学した主人公を戸惑わせるのは英語の授業である。小学校に通うかたわら私塾にも通っていた加根は、原典で教えられる『十八史略』や『枕草紙』はなんとかこなせるが、週に八時間もあるうえに、文法まで英語で教えられる英語の授業には途方に暮れてしまう。故郷で中学の先生についていたために、『ナショナルリーダー』の二、三までならどうにか読めるが、アーヴィングやロングフェローなど、それまで名前も知らなかった書物は、彼女にとって「どこをどう潜りぬけて行けばいいものやら、まるで見当のつかないジャングル」[5]のように思われる。アメリカ版浦島太郎の「リップ・ヴァン・ウインクル」の話のおもしろさも、戦争で別れた恋人同士が年老いて死の直前に出会う「エヴァンジェリン」の哀れに美しい恋物語も、辞書にかじりついている加根には、無数の単語とイディオムの「妖怪めいた集積」に過ぎない。英語の発音にも彼女は苦しめられる。アメリカ留学から戻ったばかりの玉井品江という教師から、加根はあてられる度に音節の切り方から抑揚までことごとく直され、泣きたくなる。日本女学院では試験はいっさい行われないが、それは彼女をかえって不安にする。試験のないのは、毎日、毎時間試験されていると同じだからである。同級にいる二人の留年生のうちの一人は、英語の学力が水準に達しなかったために進級できなかったらしい。このことは加根にとってはよそごとではなく、彼女に恐怖感を与える。

しかし、努力家で知的好奇心の強い加根は、遅れた語学力を補うために放課後英語の先生の家に通いながら、勉学に励む。やがて、普通科二年の二学期に故郷から戻る頃には、新学期にどのようなテキストが使われるのか想像して、うきうきした気分になるほど、彼女は英語に対する自信をつける。玉井先生はギャスケル夫人の『クランフォード』と共に、クリスティナ・ロゼッティの詩を新しいテキストに選ぶ。義務づけられた詩の暗唱は加根をいささかうんざりさせるが、クリスティナの兄のガブリエルが自分の詩集を結婚したばかりで亡くなった若い妻に捧げて、一度は墓に納めたという先生の語る純愛物語は、彼女をはじめクラス全員を感動させる。

加根は図書館にある徳富蘇峰の民友社の出版したヨーロッパの有名な人物の伝記シリーズの中にロゼッティを探すが、見つからない。しかし、バイロンやシェリーやカーライルを見いだす。高等科になれば『英雄崇拝論』がテキストに使われるので、彼女は真っ先にカーライルから読みだし、カーライルは子供の頃戸外でご飯を食べるのが好きで、お皿をかかえて庭の生け垣に腰掛け、夕暮れの空を眺めながら食事をしたといった話に感心し、羨ましく思ったりする。

加根は普通科の生徒であるが、高等科では、シェイクスピアやテニソンなどの文学作品の他に、チンダルやヘルムホルツの論文集がテキストに使われていたことが小説中で語られる。加根が受けた日本女学院の英語教育は、弥生子自身が回想する明治女学校のそれにほぼ一致する。「作家に聴く」の中で、彼女は明治女学校の授業について次のように語っている。

学校が自由だったことは前にも云ったが、教科書はすべて原典でやった。それも英語など、文法などは碌に教えてくれない。「字引きを引きなさい。一人で読みなさい、」だから、コツコツ辞書を引くことだけは覚えた。高等科になると、今考えてみて、わかったかわからないのかしらないが、とにかくシェイクスピア、テニソン、エマーソン、カーライルなどを読んだ。[6]

また、竹西寛子には次のように語っている。

いわゆる教科書なるものは一度も使ったことがなくて、いきなりむつかしい原典を読まされたものなんです。詩はテニソン、ロングフェロー、エマーソンでしょう。同時にチンダルやヘルムホルツの論文集を読ませるといった具合なの。ロシア文学で一番最初に読んだのが

『レザーレクション』（復活）もちろん英文で。赤い羅紗紙のチープ・シリーズに入っていました。サッカレーも読んだしシェクスピアも教わったけれど身につかないでかすったばかり。[7]

弥生子は現在の大学の英文科の授業のようなものを明治女学校で受けたわけだが、「むつかしい原典」を読みこなすために必要な英語力を補うために、初めは外国人宣教師の個人指導を受け、やがて、同郷人で第一高等学校に在学していた、後に夫となる野上豊一郎の教えを受ける。明治女学校で培われた辞書を片手に原書を読む能力と西洋文学に対する関心が、後の弥生子の読書習慣の基礎となったことは疑いないだろう。

辞書を片手に原書を読むという習慣の他に、弥生子は明治女学校でどのようなものを身につけたのだろうか。弥生子自身は次のように述べている。

私、ほんとにポカンとしていたんですけれども、よその学校で学校生活を送っていたならば、決して今のような私にはならなかったとは思いますね。とくにものの考え方。それを育てくれたのはやはりあの学校でしょう。いわゆる精神主義というんでしょうか、そこにウエイトがおかれていたっていうこと。だから社会的な権威とか世間の思惑とか、習俗、形式とかいうことにとらわれないというのではないけれど、かかわりのないようなものの考え方をするようになったってこと、それは私ばかりじゃなく、いわゆる明治女学校風というものなんでしょうね。……それからやはり、「神」というものの概念を知ったってこと、これは大きいですね。超越者というものの存在を考える場合に、仏教よりもクリスト教の神の方が、私には強くうえつけられているというのは、やはり明治女学校の感化でしょうと思います。[8]

形式にとらわれないで自由な雰囲気の中で女性の能力を開発するという明治女学校の校風は、『森』の中でも描かれている。神の前では男も女も平等であり、「婦人は女であると共に人間でなければならないとする理念」(一二九)を根底に持つ日本女学院には、従来女学校には不可欠とされる裁縫や料理の授業はなく、体操のかわりに薙刀、剣術が教えられる。学校には校門も校則もなく、岡野直巳校長を崇拝する若い青年たちが自由に出入りする。読む力、考える力を重視し、試験のための知識の暗記を無用とするために、試験は一切行われない。こうした風変わりな校風に最初は驚きと戸惑いを感じながらも、向学心に燃える加根は、いきいきと学生生活を送る。

主人公のキリスト教に対する戸惑いと親しみも『森』の中で描かれる。加根の故郷は十六世紀に大友宗麟の城のあった城下町で、宗麟はフランシスコ・ザヴィエルによってもたされたキリスト教をいちはやく受け入れ、町では南蛮文化が栄えた。しかし、秀吉のキリスト教禁制後は町は一変し、多くの寺が建てられたが、現在の町の人々は商売第一で、寺は無用なものであり、耶蘇教は「なにか得体の知れぬ怪しげなもの」(二六)に過ぎない。日本女学院で月曜の朝行われる岡野校長の道話は、こうした環境に育った加根をひそかに困惑させる。それは最初に読まれる聖書のためである。全校の集まりはお祈りで始まり、お祈りで終わるが、お祈りの最後のアーメンという言葉が彼女の口から自然に出てこない。賛美歌にもまごつく。加根は聖書と賛美歌集を買うが、それは、入学のために買い整えられたカシミアの袴や靴や弁当箱などとたいして変わらない買い物である。

それでもクリスマスの頃には、加根にもキリスト教が身近な親しいものに感じられるようになり、「故郷でクリスチャンをけったいな人間扱いにするのは大きな誤りだ」(八七)と思うようになる。クリスマスはロマンティックでハイカラなお祭りに想像され、賛美歌にも前より熱心になり、英語の賛美歌集も買い求める。また、彼女は校外からの講演者の様々な話を楽しみに待つようになり、科外講話に頻繁に訪れる内村鑑三を初めて見た時、「怖っかない」顔がカーライルそっくりだと思ったりする。

明治女学校をしばしば訪れる内村鑑三の容貌と講話は、女学生の弥生子に強い印象を与えたようである。「長身で痩せてゐながら、どこか重量感のある骨格で、眼光が、炯々として、下反面が突起し、大きな口と、その上に盛りあがった髯がそれをなほも強調した顔」[9]を弥生子は一度見たら忘れられない顔と言い、カーライルに似ていると随筆の中で何度も書いている。印象に残った内村の講話の一つとして、彼女は次のような話をあげている。外国からの帰りの船の中で、英国の宣教師が彼に女房自慢の話をした。その奥さんはヘブライ語の聖書が読め、賛美歌は誰よりもうまく歌い、パンを焼くのは村で一番上手だと言った。皆さんもそういう女性になってほしいというものである。内村の話の中の教養があり聡明で、しかも「女の務め」も果たす女性というイメージは、後年の弥生子自身の姿に重なりあうのではないだろうか。

弥生子の精神形成上、きわめて重要な役割を果たした明治女学校への入学には、彼女の故郷の臼杵という土地柄が背景にあるだろう。彼女の言葉を借りれば、臼杵は「今は特徴もない小さな田舎の港町」であるが、「大友宗麟の居城があったため、外国の文化がいち早く入ってきた」ところであり、ポルトガル人が初めてこの港から日本に上陸して以来、「西欧の文化、とりわけキリシタン布教のための重要な扉となった」[10]場所である。この町で始まった日本のキリスト教史に対する弥生子の関心は、彼女の代表作『迷路』の主人公菅野省三が「大友氏の文化史的研究」を研究課題にしていることからも窺われる。このように外国文化をいちはやく取り入れた土地の小手川酒造の二代目当主であった弥生子の父角三郎は、政治にも深く関わり、自由党の後援者であった。板垣退助も地方遊説の折りに、小手川家に泊まっている。彼女の故郷が先進的で、開放的な土地柄だったからこそ、当時片道四日もかかった東京で、弥生子が学ぶことが許されたのだろう。

また、弥生子の入学には、叔父小手川豊次郎の存在も見逃すことはできないであろう。豊次郎はアメリカのミシガン大学で七年の勉学の後に博士の学位を取り、傴僂という肉体的なハンディキャップを乗り越えて、実業界、政界で活躍した。弥生子ははじめ虎の門の女学館に入学する予定で上京したが、彼女の世話を依頼された叔父は、多忙だったために、友人の毎日新聞のキリスト教社会運動家島田三郎に彼女を委ねた。弥生子は島田の勧めで明治女学校に入学することになり、さらに、校長の巖本善治と親しい木下尚江によって、彼女は学校に連れていかれたのである。

弥生子はこの叔父の家から明治女学校に通学しているが、豊次郎は明治女学校への入学だけでなく、弥生子の西欧との出合いももたらしたのではないだろうか。小説『森』の中に平三という名で登場するアメリカ帰りの叔父は、幼い主人公に強烈な印象を与える。「西洋人みたいに際立って白い顔をした」普通の男性の半分ぐらいしか背丈のない傴僂の叔父に、加根は郷土言葉で「魂がった」(二八一)としか表現できないような衝撃を受ける。彼の食べる奇妙な食べ物も不気味な印象を強める。彼がお茶がわりに飲む液体は「変などろどろしたもの」で、ちょっと「お汁粉」に似ていて、香りは悪くないが、「漢方薬のせんぶり」のように苦い。毎朝彼の食べる玉子料理も変わっている。それは普通の玉子焼きではなく、東京から持ってきたガラス瓶入りのどこか「毛唐人臭い油」を、なるたけ底の浅い鉄鍋を熱して、流し入れ、その上に割った玉子を落として焼くのである。奇妙な外見で、奇妙なものを食べるが、アメリカの大学で学問を修めた平三叔父は、加根にとって「偉い人」であり、「同時に学問をすることまでよくはわからないが、なにか偉いことのよう」（二八三）に思われる。奇妙で不気味だが、興味ある存在の叔父は、幼い加根、さらに弥生子にとっても、西洋そのものだったのではないだろうか。

アメリカ帰りの叔父を介して入学した明治女学校は、弥生子に「運命的」な影響を与えるが、そこで彼女が得た西欧的な教養やものの見方を広げ、深めるのを助けたのは、夫の野上豊一郎とその師夏目漱石であろう。弥生子は結婚した時には作家になろうとは思わなかったが、「何か知識を求めるとか、人間的に成長する」[11]ということは続けたかった、と語っている。そして、豊一郎は結婚当初から彼女の「教師」であったようだ。弥生子は創作のかたわら数々の翻訳を手掛けているが、それは英文学者である豊一郎の勧めと助言に基づいて始められたものである。彼女は大正二（一九一三）年七月にエブリマンズ・ライブラリーに入っているトマス・ブルフィンチの『伝説の時代』の翻訳を尚文堂から刊行した。また、英語版のロシアの女性数学者ソーニャ・コヴァレフスカヤの回想録と、友人のアン・シャーロット・レフラーによる伝記の一部を翻訳し、雑誌『青踏』に大正三（一九一四）年十月から翌年の二月まで連載している。この二つの翻訳は、弥生子の西欧文化に対する関心の方向をよく示していると言える。

ブルフィンチの『伝説の時代』は、ギリシャ・ローマ神話と共に、北欧及びインドの神話を収め、アーサー王と円卓の騎士の物語がその続編となっている。弥生子は続編の翻訳も『中世騎士物語』という題名で後に出版しているが、この翻訳について彼女は次のように語っている。

私、西欧的な教養を身につけるという場合、ギリシャ・ローマ神話、中世の物語、たとえばアーサー王物語なんかですね、それから聖書、こうしたものは、どうしても知っておかなければならないというふうに教えこまれていたものですから、「伝説の時代」は、ちょうどそれにかなった、ほどよいものとして訳したわけなんです。ガイド・ブックっていうふうなものですけれども。[12]

『伝説の時代』は後に『ギリシャ・ローマ神話』と改題されて、岩波文庫に入ったが、この翻訳には、西洋文化を根幹から知ろうとする弥生子の姿勢が見られる。漱石も序文の中で、「欧州文学の根底に横たわる二つの宝庫（聖書と希臘神話）」[13]の一方を翻訳したことを称えている。

『伝説の時代』を出版した翌年大正三年に書かれた「人形の望」は、ギリシャ神話を下敷きにしているだけでなく、弥生子の人生観をも示している。この童話の中には、日本人形玉子、フランス人形エリザ、イタリア人形アンゼラ、英国生まれの人形ベルが登場する。ベルは哲学者のギリシャ人形から人間と人形の違いは「霊魂」の有無だという話を聞き、持ち主の子供は成長するのに、「霊魂」のない自分たち人形は成長しないことを悲しく思う。玉子とエリザはベルに共感するが、美しい遊び好きのイタリア人形アンゼラは、若い可愛い子供たちを相手にいつまでも若く可愛いままでいたい、人形が成長したい、人間のようになりたいと思うのはとんでもない心得違いだ、と言う。しかし、蠟人形のアンゼラは、持ち主の華子の不注意からストーブの上に落ち、無残に溶けて、蠟の固まりになってしまう。

この事件をきっかけに、人形たちは人間のように成長したいという望みをつのらせ、三月三日の雛祭りの夜に、ギリシャのパルナサス山の洞窟に住むデューカリオン老人のもとに行き、「霊魂」を授けてくれるように神に頼んでほしいと求める。デューカリオン老人は次のように言って、三人形に覚悟のほどを確かめる。

「霊魂」がなくて身体だけの時には、楽しい事も悦ばしい事も、悲しい事も、苦しい事も、ただ身体だけの悦び、身体だけの悲しみ、身体だけの苦しみでいいのだが、「霊魂」を持てばその上に「霊魂」の悦び、「霊魂」の悲しみ、「霊魂」の苦しみが出来て来る。身体ばかりの悦びや楽しみとは比べ物にならない深い悦びや楽しみをする代わりに、悲しい事、苦しい事も身体ばかりの苦しみや悲しみのやうな手軽なものではない。それを覚悟してゐなければきっと後悔する。而して先の身体ばかりの時の気楽な心持ちを懐しがるやうになるのだ…[14]

オリンポスの山の上でジュピターから「霊魂」を授けられて大喜びする三人形に、神々は何か一つだけ「力」をお祝いにあげようと言う。フランス人形のエリザは美の女神ヴィーナスから美を、英国生まれのベルは知恵の女神ミネルヴァから知恵を貰う。日本人形の玉子は美を貰おうか、知恵を貰おうか迷うが、アンゼラの死を思い出し、「智恵があったらあんな見苦しい死方はしないで済んだのかも知れぬ。……たゞ『美』だけでは仕方がない。何処までも聡明なはっきりした『智恵』が欲しい」（一一三）と、ミネルヴァから「智恵の光る玉」を貰う。

この作品には、精神を重んじ、女性も知恵を持ち、絶えず成長するように努力すべきであるという弥生子自身が生涯貫いた生き方が表われている。彼女の伝えようとするメッセージは、知恵の女神ミネルヴァの「お前達は『智恵』が欲しくはないかえ。女の子でも男の子でも『智恵』を持たないものほど悲惨なものはない。『智恵』は何よりも尊いものだからね」(一一一)という言葉の中に示されていると言えよう。また、「霊魂」を持って成長したいと願い、迷わず「智恵」を選んだ人形が、英国生まれであることは興味深い。

『青踏』に連載されたロシアの数学者ソーニャ・コヴァレフスカヤの自伝と友人の回想録の翻訳も、知性を持ち、主体的に生きようとした西洋の先駆者的女性に対する弥生子の共感を表わすものと言えよう。大正十三(一九二四)年にこの伝記の完訳『ソーニャ・コヴァレフスカヤ』が出版された際に、その序文の中で彼女は次のように語っている。

この書物は、私が最も深い親しみを寄せてゐる愛読書の一つであり、ソーニャは長い間の友達であったので、今この翻訳を世の中に送り出すことは、自分の親友を紹介するやうな悦を感じてゐる。この異常な友達は、今まで私に与えてゐたと同じ親しみと善い刺激を、今後彼女が出逢ふほどの人々にも与へるであらうことを疑はない。[15]

弥生子の心をとらえたソーニャは、一八五〇年にモスクワで生まれた数学者である。将軍で大地主の父を持つ彼女は、十三歳の時に姉のアニュータに心を寄せるドストイエフスキーに初恋をしているが、十七歳でロシアの伝統的な親権から解放されて外国に留学するために、ワルデマール・コヴァレフスキーと名義上の結婚をする。ドイツで夫は古生物を、妻は数学を学び、彼女は二十七歳で博士号を得る。学位を得てモスクワ大学に赴任することになった夫に従い、ソーニャもロシアに戻り、ここで本当の結婚生活が始まり、一人娘が生まれる。しかし、幸福な結婚生活は長く続かず、夫が投機的な事業欲に取りつかれ、やがて、自分が詐欺師に騙されていたことがわかると、彼は自殺してしまう。一人娘をかかえたソーニャは、ストックホルム大学で数学を教え始め、女性で初めての大学教授となる。彼女の優れた研究業績には、フランスの科学学士院から賞が与えられている。しかし、彼女は単なる知識の探究だけでは満たされず、女性として愛し、愛されることを望み、恋多き女であったようだが、四十一歳で急逝している。

仕事か愛かに悩み、「女性であると共に卓越した人間であらうとした向上心との間で常に苦しみ、相剋した」（六六）、このロシアの女性数学者の生涯は、結婚後も知識を求め、人間的に成長したいと願った弥生子の生き方に、大きな影響を与えたのではないだろうか。

ソーニャ・コヴァレフスカヤの伝記の翻訳に見られるように、二十代の弥生子は、外国の先駆者的な生き方をした女性や、女性作家に興味を持ったようである。こうした弥生子に英国の女性作家の作品を紹介したのは夏目漱石である。彼女は明治四十（一九〇七）年に漱石の紹介で「縁」を『ホトトギス』に発表し、小説家としての第一歩を踏み出した。夫の豊一郎を介して漱石から小説の手ほどきを受け始めた頃、「外国の女流の作家はいったいどんな作品を書いているのか勉強して見たい興味にとらわれた」[16]、と弥生子は述べている。当時は、翻訳はなく、原書も簡単に手に入らない状態だったので、彼女は漱石に何か貸してくれるように頼んだのである。

弥生子の望みに応えて、漱石はジェイン・オースティンの『高慢と偏見』、シャーロット・ブロンテの『ジェイン・エア』、ジョージ・エリオットのものを一冊、それにエドモンド・ゴスと彼女が記憶する絵入りの英文学史を貸し与えた。この時、漱石は「彌生子さんにはブロンテはおもしろくないだろう」と言ったという。ブロンテは「非常に直截で、形容詞とか余計な文章のない大人の文章だから、まだ幼稚な私には、きっとおもしろ味がわからないだろうとお思いになったんだと思います」[17]と後年弥生子自身は語っている。ジェイン・オースティンとシャーロット・ブロンテは非常に対照的な作家で、漱石も『文学論』の中で、写実派のオースティンの『分別と多感』と対照して、ロマン派の作品の一例としてブロンテの『ジェイン・エア』を取り上げている。

この時弥生子の心をとらえたのは、オースティンの方であった。彼女はオースティンの小説の読後感を後年次のように書いている。

小説は『ジエーン・エア』をまず手はじめに、つづいて『プライド・エンド・プレジュディス』を読んだ。その時の強い感銘はいまだに忘れない。それは私には一種の開眼であったとともに、また深い失望であった。オースティンは二十三でそれを書いた。ちょうど私も同い年ぐらいであったから、自分のほんの習作のような貧しい短編に思いくらべて、その素晴らしさに打たれるだけそれだけ自信喪失に陥ったのである。しかしそれ以来『プライド・エンド・プレジュディス』は私の愛読書となった。[18]

オースティンの作品は『ソーニャ・コヴァレフスカヤ』と共に弥生子の愛読書となっただけでなく、さらに彼女と深いかかわりを持つようになる。大正十五（一九二六）年に夫の豊一郎がこの作品を翻訳した際には、進んで筆記や校正を手伝い、自らも『高慢と偏見』を約半分に短縮した翻案『虹の花』を、昭和十（一九三五）年から十一年に『婦人公論』に連載している。さらに、オースティンは彼女の創作にも影響を与えている。昭和三（一九二八）年から五（一九三〇）年に『改造』に連載された弥生子の長編小説『真知子』は、構成、人物造型、テーマと様々な点で『高慢と偏見』に類似している。この二つの作品に共通する結婚問題を通しての自己成長というテーマについては、次の章で述べたいと思う。

二つの作品には、娘の結婚を焦る母親、富や夫の社会的地位を鼻にかける俗物根性の固まりのような女性たち、女性にだらしない美貌の青年など、類似した人物が数多く登場する。なかでも『高慢と偏見』の娘ばかりのベネット家の財産の法定相続人である田舎牧師コリンズと、真知子の姉の夫で地方の旧制高等学校の教師で生徒主事の山瀬の類似は、際立っている。丸善で洋書を買うことを楽しみとし、知識をひけらかす、おしゃべりな山瀬に、「うぬぼれ屋で、尊大ぶっていて、偏狭で、愚かな男」[19]という『高慢と偏見』の主人公エリザベスのコリンズ評はそのまま当てはまるだろう。富や権力の追随者で、まがいものの知識人は、両作品の中で、滑稽な人物として風刺をこめて生き生きと描かれている。

コリンズ風の人物は、昭和二十一（一九四六）年に書かれた短編「転生」の中にも登場する。修学院の英語教師小島には、「オースティンの傑作に出て来る俗物の、長談義の、貴族崇拝の、くそまじめなだけ我慢できない、若い田舎牧師」[20]に似ているために、「ミスタ・コリンス」というあだ名が付けられている。「貴族に対する奴隷じみた崇拝」（一〇二）を持つ小島は、名門の子弟を教えることを有り難がり、自慢しているが、戦時中に英語学者としての知識をひけらかすために日英の皇室を比較し、隣組のいがみ合いから不敬罪で起訴され、失業して闇屋となる。やがて戦争が終わると同時に、彼は天皇制を批判する民主主義者に「転生」する。物語には、彼の講演会を一度も欠かさない聴講者は、会場に暖を求めてやって来るクラブの留守番をする俄か聾のおばあさんであった、という辛辣な結末がついている。

このように弥生子は、若い時代に出会ったオースティンの小説から様々な影響を受けているが、それは人間の理性を基盤とする良識や中庸を良しとし、節操のない軽薄な人間や俗物根性を笑うオースティン流のものの見方や、写実的な手法が、弥生子の資質に合ったからではないだろうか。

弥生子は近代日本の百年を生きたが、創作意欲も西欧文化に対する関心と探究心も、生涯衰えることがなかった。『森』を執筆していた九十五歳の時に雑誌『海』に掲載された谷川俊太郎との対談の中で、仕事を中断したことはないかという問いに、「ないの。書かなければ、語学の勉強をしたり、自分の知らないものをメチャクチャに読んだりしました」[21]と彼女は語っている。この当時も、テレビやラジオ講座で、フランス語やスペイン語の勉強をしていたようである。明治女学校で培われ、豊一郎や漱石の助けを得て育てられた西欧的教養は、これも少女時代から身につけられた和漢の素養と共に、弥生子の生き方や創作に影響を与え続けたと言えるだろう。

第四章

自己成長と結婚

『真知子』と『高慢と偏見』

昭和三―五（一九二八―一九三〇）年に雑誌『改造』に発表された『真知子』は、ジェイン・オーティンの『高慢と偏見』（一八一三）に様々な点で類似しており、二つの作品の筋立てと人物造型の類似については、すでに指摘されている。[1] ここでは、野上弥生子自身もその長い生涯を通して心がけた「自己成長」というテーマを中心に二つの作品を比較し、『真知子』において『高慢と偏見』がどのような役割を果たしているか考えてみたい。

前章で述べたように、弥生子は小説の指導を受けていた夏目漱石を通して二十代の初めに『高慢と偏見』に初めて接し、強い感銘を受けたが、彼女はこの作品のどのようなところに魅了されたのだろうか。後年、弥生子は「はじめてオースティンを読んだ話」の中で、その文学的価値について「女流作家の陥りがちな感傷を見事に脱し、平明簡潔で、ユーモアに富み、戯曲的にまで巧みな構成と推移で、登場人物の一人一人がいかにも活き活きと描きだされている」[2]と述べている。また、夫の豊一郎がこの作品を翻訳、出版した際に筆記・校正を手伝った折りに、そのおもしろさを再認識したことを大正十五年七月三十一日付けの日記に次のように綴っている。

高慢と偏見の校正をする。ペンバリの邸をエリザベスが見物に行ってゐるとダーシーに出逢ふところである。今まで色んな角度で屈折してゐた二人の関係がいよ〳〵最後の了解に到しようとする前の最も興味ある場面である。いつもおもふことであるが、長編を書くのならこのイキで行かねばならぬ。これで行けば本格小説〔で〕あると共に、よき意味での通俗小説ともなり得るのである。斯う云ふとりあつかひ方で一つ長いものを書いて身度い。[3]

さらに、翌八月一日付けの日記では、この作品を原文で読み返し、登場人物の「あざやかな性格描写」に感嘆し、かつ自分の未熟さを嘆いている。このように夫の翻訳の筆記や校正を手伝い、原文をも再読したことが、『真知子』を執筆する際に、『高慢と偏見』の「とりあつかひ方」で作品を構成することを弥生子に思いつかせたのではないだろうか。また、人物造型の点でも、この経験を通して彼女はこの作品から大きな影響を受けたと思われる。弥生子は『真知子』の構想を考えていた昭和二年十二月にも『高慢と偏見』を再び読み、「これこそ一つの自然である、最も虚飾のない、最も平淡な素顔の人世である」[4]と賞賛している。

『高慢と偏見』の登場人物の中でも、「知性的で慧敏に美しい」主人公エリザベス・ベネットは特に弥生子の心をとらえたようである。彼女はこの作品を約半分に短縮した翻案『虹の花』を、昭和十－十一（一九三五－六）年に十六回に渡って『婦人公論』に連載したが、そのはしがきの中で、エリザベスの魅力を次のように語っている。

まことに彼女の知性と、それを裏づけてゐる明朗にしてゆたかな才智と、少しの虚飾もない率直と正義感に結びつけられた溌剌とした情熱に引きつけられないものはないと思ふ。彼女はまたバーナード・ショウなどの描く新しい婦人の先駆者とされてゐるだけに、他の古典の女性には感じられない一種特別な親しさで私たちを打つのである。[5]

このような「新しい婦人の先駆者」、エリザベス・ベネットを念頭に置いて、弥生子は『真知子』の主人公曽根真知子を創ったのではないだろうか。エリザベスは間もなく二十一歳になろうとする、イギリスの田舎町に住む年収二千ポンドの中流地主の娘である。ベネット家は娘ばかりのため、財産は法定相続人である従兄の牧師コリンズが相続することになっている。一方、真知子は専門学校を卒業した後帝大の聴講生として社会学を学ぶ、間もなく二十四歳になろうとする「才能のある、独立の考えを持った美しい娘」[6]である。高級官僚であった父はすでに亡く、残された唯一の財産である古い家に母と二人で住み、表面では格式を保とうとするが、内実はいつも財布の中身を気にするような生活をしている。二人の主人公に共通するのは、働く必要はない有閑階級に属しているが、経済的にはあまり余裕のない、結婚適齢期の若い女性という点であろう。

こうした若い女性を主人公とする両作品に共通するテーマは、彼女たちの結婚問題である。『真知子』の物語は、娘の結婚を焦り始めた母親の描写で始まる。

結婚問題について、母がこのごろ急にあせり出したのを、真知子は見遁さなかった。父の死後、殊にふたりの姉たちが片づいてからは、未亡人らしく小石川の古い家に引っ込んでいた母が、口実をつくっては彼女をひとなかへ連れ出そうとしたり、自分でも気軽く附きあい先を訪ねたりするのは、そのためであった。(五)

『高慢と偏見』においても、「かなりの財産を持っている独身の男性は、きっと妻をほしがっているにちがいないということは、一般に認められている真理である」[7]という有名な書き出しの後に、娘たちを結婚させることを「一生の仕事」にしているエリザベスの母ベネット夫人が、近くのネザーフィールド荘園に引っ越してきた金持ちの独身男性ビングリーを訪問してくれるように夫に頼む場面が続くが、弥生子によるこの作品の翻案『虹の花』の冒頭は、さらに『真知子』の書き出しに類似している。

いかに気働きのないぐうたらな母親でも、婚期に近づいた娘をもって、神経過敏にならないものはないのですが、ベネット家には年ごろの娘ばかり五人もそろってゐるので、ベネット夫人は今はほかのことはなんにも考えませんでした。それにロンドンからすこし引っこんだ田舎のロングボーンに住んで、ふだん交際してゐる同格の家と言っても数えるほどしかないから一さう気がもめるわけで、ちょっとしたお茶の会でも、舞踏会でも、かうした母親にはどこでもさうであるやうに言はば大事な猟場なのでした。[8]

財産や家柄や社会的地位などが重視される社会においては、母親が娘に望む良縁とは、物質的安定が保証された縁組である。両作品の中では、主人公の周辺に見られる数組の結婚の型が描かれているが、『真知子』においては、愛情を無視した、条件だけが整った結婚は、真知子の姉の辰子と上村との結びつきによって示される。多額納税議員の息子で、会社重役の上村は、放蕩者で、「器量好みで大騒ぎして貰った」妻に対しても不誠実な夫であるが、辰子は「着道楽をし、芝居に行き、色んな芸事に手を出し」（二〇）て、物質的な豊かさに満足感を見いだそうとしている。

真知子にも、「申し分のない」「条件」の縁組が用意される。相手は、九州の県立病院の副院長に赴任するために、大急ぎで二週間以内に結婚しようとする竹尾である。「旅行用の鞄を買ったり、膝掛を探し廻ったりするのと違わない気持ちで」（三一）結婚しようとする竹尾に、一度会ったきりで何の感情も湧かない真知子は、縁談を断ろうとするが、辰子は結婚には愛情や理解は必ずしも必要ではないと意見する。

よく見て御覧なさい。どこの御夫婦もはじめ皆んな好きになって、あの人でなければならないって結婚したのだかどうだか。よしんばそうやって一緒になった人たちだって、半年もたてば喧嘩するんじゃありませんか。……大して気に入らない着物だって、季節になって代りがなけりゃ、着て見たっていいじゃありませんか。（三八）

こうした生活の手段としての結婚は、『高慢と偏見』の中のエリザベスの従兄であるコリンズ牧師と彼女の親友シャーロット・ルーカスの結婚を下敷きにしているように思われる。コリンズはベネット家の財産の法定相続人であるが、一家の財産を横取りするやましさを軽くするために、ベネット家の娘の一人と結婚しようと決意する。最初は長女のジェインに求婚しようとするが、すでに彼女には相手がいることを知らされると、直ちに次女のエリザベスに鞍替えする。また、エリザベスから断られた三日後には、シャーロットと結婚する。品物を選ぶように結婚相手を選ぶコリンズは、竹尾に重なり合うだろう。

また、シャーロットの結婚観は辰子のそれに非常に類似している。頭はよいが美しくはなく、すでに二十七歳のシャーロットは、エリザベスに結婚相手を理解しようとすることの虚しさを説くが、その言葉は前述の辰子の言葉を思い出させる。

結婚の幸福はまったく運次第だわ。お互いに性質をよく知っていても、前もってとても似ていても、少しも幸せが増すわけじゃない。いつも後で似なくなってきて、お互いに嫌な思いをすることになるわ。人生を共にしようとする人の欠点は、できるだけ知らないほうがいいのよ。(二五)

彼女が俗物で愚かなコリンズの求婚を受け入れたのは、「結婚が唯一の恥ずかしくない食べていく途」であり、「最も快適な生活に困らない方法」(八六)だからである。

このような従来の便宜的な結婚に、真知子もエリザベスも強く反発する。真知子にとって、そのような結婚をする「婦人たちは皆んな怖るべき冒険者に見え」（九）、エリザベスには、「世俗的な利益のために、その他のすぐれた感情を一切犠牲にしてしまう」（八八）などとは考えられないことである。恋愛や結婚に夢を抱く、「独立の考えを持った」彼女たちが、それぞれ二人の男性に出合い、一方を選んで結婚に至る過程と、この経験を通しての彼女たちの精神的成長が、両作品の中で描かれる。

両作品における主人公の第一の男性との出合いと、偏見による求婚の拒絶は、驚くほど類似している。エリザベスは年収一万ポンドのペンバリー荘園の当主フィッツウィリアム・ダーシーに、メリトンの舞踏会で出会う。ダーシーは背の高い立派な容姿と、上品な物腰をしているが、気位が高く、非社交的なために、自分の連れの女性たちとしか踊らず、一座の人々と一緒になって楽しもうとはしない。さらに、エリザベスは自分のことを名ざしで「かなりの美人だが、心を動かされるほどではない」（七）という彼の言葉を聞いてしまう。彼女はこの話をおもしろがって吹聴してまわるだけの心の余裕はあるが、この最初の出合いは、ダーシーは高慢で不快な男という印象を彼女の心に植えつける。

ダーシーはエリザベスをよく知るにつれて、彼女の個性的な美しさと活発で機知に富んだ人柄に引かれていくが、エリザベスにとってのダーシーは、「どこに行っても人好きのしない男」

（一五）にすぎない。やがて、エリザベスの反感は、ダーシー家の執事の息子の青年将校ジョージ・ウィカムの中傷を信じたことによって強まる。さらに、姉のジェインから恋人のビングリーを引き離したのがダーシーであると知って、彼女の反感は憤りと嫌悪感に変わっていく。

自分の気持ちを押さえきれなくなったダーシーは、ついにエリザベスに求婚する。エリザベスは思いがけない愛の告白にひどく驚くが、身分の低い彼女との結婚はいかに自分の品位を落とすものであるかを述べる彼の傲慢な言葉や、よい返事が必ずもらえると安心しきっている彼の顔つきは、彼女の怒りをかき立てる。彼女はダーシーの「紳士的でない態度」を次のように痛烈に批判し、きっぱりと求婚を拒絶する。

そもそもの初めから、あなたとお知り合いになった最初の瞬間からと申してよいと思いますが、あなたの態度は、あなたは傲慢で自惚れが強く、他人の感情を身勝手に蔑視する方だという強い印象を私の心に刻みつけ、それがあなたを嫌な方だと思う基盤を作り、それに続く出来事がどうしても動かせないような嫌悪感を築いたのです。私はあなたを知って一カ月もたたないうちに、どんなに口説かれても、結婚したくない人だと感じました。（一二三）

エリザベスはこの時点では、ダーシーの高慢な態度の裏の人間的魅力に気づいていない。

『真知子』においても、主人公は園遊会という男女の出合いの場であるパーティーで、河井財閥の御曹司で、ケンブリッジ大学出身の考古学者河井輝彦に出会う。彼は「貴公子に見るような上品な風采と態度」で、「気取った風や高ぶった様子」はない。しかし、真知子は「あんな人は到る所でちやほやされつけているから、見え透いたお世辞を云われても多分無感覚なのだ」(二四)、と反感を持つ。

何度かの偶然の出合いが続くうちに、ダーシーがエリザベスに魅せられたように、河井は個性的で美しい真知子にひかれていく。だが、真知子の方では、考古学の研究に情熱を傾けるもの静かな学者肌の河井を「貴族や金持ちによくある、自分の興味のあること以外には決して留意を持とうとしない、また地位と金の力に依ってその我儘を通し馴れた、無意識的なエゴイストの一人」(一一三)としか見ない。

エリザベスの反発が高慢で横柄な態度を取るダーシー個人に向けられているのに対して、真知子の反感は河井個人というよりも、彼の属する階級に向けられている。彼女は「丁度上流の下部と中流の上部に位して、プチ・ブルジョアの標本的な退屈と滑稽と醜陋に充ちている」(七一)自己の階級を嫌悪し、そこから脱出したいと願っている。『真知子』の中では、ダーシーの叔母キャサリンを思わせる主人公の兄嫁の母、田口病院長夫人倉子の俗物性や、園遊会、音楽会、慈善会で、「流行の着物や贅沢な装飾品といっしょに、家、財産、父や夫の地位をめいめい身につけて」（七五）、噂話にあけくれる有閑階級の女性たちの虚偽と虚飾に満ちた生活が、主人公の目を通して厳しく批判されている。

河井は周囲の用意した「似合いの相手」があるにもかかわらず、ついに真知子に求婚する。真知子はエリザベスと同様に、河井の求婚を痛烈な言葉で拒絶するが、「今でも一つのことははっきり申されますわ。いつか食べものを考えるように私が結婚を考えるとしても、決してあなた方の階級に相手を求めようとは思わないってことだけは」（二四八）という言葉が示すように、彼女の拒絶は河井の属する階級に向けられている。真知子は、多くの人々が不平等を取り除く社会を築くために戦い苦しんでいるなかで安閑と暮らしている河井の属する階級や、「一万年前の人間の使ったがらくた」を研究する河井を激しく批判することで、自己の属する階級と訣別しようとする。

求婚の拒絶と云うより、それは一つの宣言であった。同時に河井に向って発せられたと云うより、彼の立っている機構、富と権力の底に圧搾された潜熱の必然的爆発により、支柱の一本々々がすでに火になりつつある、どんなアトラスも担いつづけることの出来ない世界に対する、彼女の決然たる離別であった。（二五一）

真知子も求婚を拒絶したこの時点では、もの静かな学者肌の河井の人柄の良さに気づいていない。

このようにエリザベスと真知子は、身分違いの名門の男性からの求婚を拒絶するが、その陰には第二の男性の存在がある。二人は共に、性的魅力に溢れた美貌の男性にロマンティックな思いを寄せている。しかし、彼女たちは相手の実体を見ておらず、その思いは虚像の上に成り立っている。

エリザベスの心を引きつけたのは、青年将校ジョージ・ウィカムである。メリトンの通りで紹介されたウィカムは、「立派な顔だちと素晴らしい容姿」を持ち、「大変感じのよい応対ぶり」（五〇）を示す。エリザベスは「ほとんどすべての女性の目が注がれる」（五三）ようなウィカムの美貌と人あたりのよい物腰にひかれ、また、そのような男性から関心を示されたことに自尊心をくすぐられて、彼に対して好意以上の感情をいだく。

しかし、理性的なエリザベスはウィカムに向こう見ずな恋をするような反逆者ではない。ウィカムはダーシー家の執事の息子で、しかも財産は何もない。「財産がないために無謀である恋」（一〇〇）をしないようにとの叔母のガーディナー夫人の忠告に、彼女は反発するが、ウィカムに深入りしない冷静さは持っている。

ダーシーの手紙により、ウィカムはダーシー家の人々の愛情と厚意を受けながら、これを踏みにじった卑劣な男であると知った時、エリザベスはウィカムの外見の良さに幻惑されて、嘘で塗り固められた彼の実体を見抜くことができなかった自分の非を初めて悟り、ダーシーに対する誤解を解く。

「私はなんて卑しいことをしたんだろう！」と彼女は叫んだ。「自分の判断力を誇っていた私が！　私はお姉さまの率直さを馬鹿にして、役にも立たない非難すべき不信を得意にしていたのだ。この発見はなんて屈辱的なんだろう！　けれど、この屈辱も当然のことだ！　たとえ恋をしたって、これほど情けない盲目にはならないだろう。でも、私が馬鹿だったのは、恋ではなく、虚栄心のためだったんだわ。一方から好かれて喜び、もう一方から無視されて腹を立て、そもそも知り合った時から、二人に関したことでは、先入観と無知に凝り固まって、理性を追い出していたのだ。今の今まで、私は自分というものを知らなかったのだ。」（二四三―二四四）

さらに、ウィカムはエリザベスの妹のリディアと結婚の意思もなく駆け落ちするという卑劣な行為をする。だが、彼は鋭い観察力と判断力を誇っていた主人公の人生教育の大きな枠の中の一要素であり、物語の重点は、エリザベスのダーシーに対する気持ちの変化に置かれている。

これに対して『真知子』では、作品全体を通して大きな位置を占めるのは、ウィカムを思わせる関三郎に対する主人公の感情の揺れ動きである。東北の貧農出身の革命家関は、評判の映画の「ドイツ悲劇役者」に似た美青年である。友人の大庭米子から紹介された関の「紺の背広のぴったり身についた、中肉の恰好のいい身体つき、額と眼に特徴のある蒼白の容貌には、東北の寒村の水車場の息子らしいところ」（四九）は見られない。しかし、真知子が彼にひかれたのは、その美貌のためだけではない。彼女が河井の求婚を拒絶した時と同様に、そこには自己の属する階級への批判と思想問題が絡んでくる。大学で社会学を学ぶ真知子は、かつての聴講生仲間で、今は自活の道を求めてセツルメントで働く没落地主の娘大庭米子を通して、社会機構の矛盾に目覚めるが、彼女の「一切の不公平を取り除く組織の実現」を信じるかという問いに、関は「それを信じないのは、人類を信じないのです」（六七）と言い切る。こうした関に、真知子は若者らしい純粋さから強く心を引かれる。

彼女の鼓膜の内側には、この一言が云われた瞬間の波動でまだ響いていた。それ以上、それを云った時の彼の大胆な接近と、男性らしい熱っぽい息の感じまで、左の半面から消えていなかった。普通ならば、何等か性的の顧慮なしには考えられなかったかも知れないこの追想が、その場合の真知子には少しの羞恥も与えなかった。彼女はただ驚くべきことを聞いたと

云う思いで一杯であった。（六八）

エリザベスは愛情の伴わない生活の手段としての結婚を否定し、富や社会的地位だけを重視する俗物根性を批判する知性と正義感を持っているが、与えられた社会的枠組みからあえて出ようとはしない。これに対して、真知子は革命家関との恋に賭け、自らも革命運動に参加することによって、自己の属する階級から脱出し、人間的成長を遂げようとする。関に対する次のような言葉がそのことを示している。

河井さんを断った時、私はあなたを考えていたのです。いいえ、いつだって、いつだって考えていたのです。今の生活から私を救い出してくれるのはあなただってことを。——あなたに依ってだけ、私は生き直れるのだってことを——。（二六九）

関の愛を確認した真知子は、初めて幸福感を感じるが、それは「恋の単なる勝利ではなく、牢獄を脱け出た、足の鎖をやっとはずした囚人の満足」（二七〇）に似たものである。

しかし、やがて真知子は関と関の思想の実体に気づく。大庭米子がすでに関と結婚していて、彼の子を身ごもっていることを知った時、真知子は、自分は関個人ではなく、関の思想を愛していたのだと思うが、彼女の抗議に対する彼の弁明を聞くに至って、関の思想をも愛していなかったことに気づく。真知子が関との恋にすべてを賭けようとしたのに対して、関は革命という仕事の前では個人は無に等しく、私事である恋愛は二義的なものであるとする。個人的な感情を大義の前に退け、当時コロンタイズムの名で流行した性的放逸を許す身勝手な男のエゴイズムを、真知子は女性の立場から厳しく非難するが、関は彼女の非難を「個人主義的迷妄」の一言でかたづける。こうした関らの思想を女性として真知子は許しがたく思い、彼の子供を宿した米子の苦しみに触れ、人間を解放するための運動が人間を平然と犠牲にする思想の矛盾を次のように批判する。

「関さん、あんた方の運動が人間から貧乏をなくするように、こう云う苦しみもなくするのでなかったら、結局何になるんでしょう。どんな見事な組織で未来の社会が出来上ろうとも、こんな思いで苦しむものが一人でも残っている間は、パンや着物で苦しむ今の世界が不完全だと同じに、決して完全な世界ではない筈です」(三〇一)

彼と彼の思想の実体を知るに至って幻滅に終わった真知子の関への思いは、恋愛至上主義的なものであるが、作者はオースティンと同様にこのような恋愛に否定的である。彼女が良しとするのは、『高慢と偏見』の中で中心を占めるエリザベスのダーシーに対する愛のような、理性的で、現実に根ざしたものである。『高慢と偏見』においては、真知子の関への思いのような一時的な情熱に駆られた激しい恋は、リディアとウィカムの駆け落ち結婚や、ベネット夫人の若さと美しさの虜になって選択を誤ったベネット氏の結婚に見られるように、「愚行」であり、「分別のないもの」とされている。

エリザベスはダーシーの手紙を読んだ時、彼に対する誤解を解くが、この段階では彼に愛情は感じていない。彼女の気持ちに変化が起こるのは、ダーシーの屋敷であるペンバリー荘園を叔父夫妻と共に観光客として訪れた時である。壮大な屋敷と美しい庭園に魅了されたエリザベスは、「ペンバリーの主婦になるのも悪くない！」（一六七）と思うが、彼女は単にダーシーの資産の魅力に心を奪われた訳ではない。「自然の美がへたな趣味で壊されていない」庭園や、「本当の優美さ」（一六七）を示す屋敷の部屋や家具調度は、持ち主であるダーシーの人柄を表わすものである。また、家政婦レイノルズ夫人のダーシー礼賛も、エリザベスに彼の良さを認識させる一助となる。そして、ダーシーの肖像画の前に立った時、彼女の胸に新たな思いが生まれる。それは自分への彼の「好意」に対する「感謝の念」であるが、この作品において、「愛情の基盤」となるのは、激しい情熱ではなく、「感謝と尊敬の念」である。

エリザベスが変わったように、ダーシーも彼女との関係を通して人間的に成長する。求婚の折りの「もっと紳士らしく振る舞ったら」というエリザベスの言葉に、高慢の鼻をへし折られたダーシーは、ペンバリー荘園で偶然に再会した彼女に、これまでとはまったく違って丁重な態度を取り、身分の低い商人である彼女の叔父夫妻にも礼節の限りを尽くす。さらに、彼女の妹のリディアがウィカムと駆け落ちした時には、居所をつきとめて二人を正式に結婚させ、莫大なウィカムの借金を肩代わりしてやる。

ダーシーの誠実な人柄と自分に対する深い愛を認識するに至ったエリザベスは、彼のためらいがちな二度目の求婚を率直な気持ちで受け入れる。

エリザベスは彼の立場が並みならずぎごちなく、不安なものだったので、今は無理にも話そうとした。そしてすぐに、彼が今それとなく触れた時〔一度目の求婚の時〕以来、自分の気持ちは重大な変化を経てきたので、今彼が断言したことを有り難く喜んで受入れられるようになった、とあまり流暢ではないが、彼に伝えることができた。(二五二)

ダーシーもエリザベスに拒絶され、自分の高慢で横柄な態度に気づき、深く反省したことを次のように彼女に伝える。

あなたは私に最初は確かに辛いが、非常に有益な教訓を与えてくれました。私はあなたによって正しくへりくだることを教えられたのです。私は必ず受け入れられると思ってあなたに近づきました。あなたは私に、気に入ってもらえる価値のある女性の意にかなう資格がどんなに不十分であるかを、教えてくれました。(二五四-二五五)

このように自らの非を認め、反省した結果、現実に対する認識を深め、精神的に成長した二人の結婚で『高慢と偏見』は終わる。

『真知子』においても、主人公は最終的には自分の誤りに気づき、穏やかな愛で見守ってくれる河井の人間としての誠実さを認識するに至る。関との恋に破れた後、真知子は東北の姉夫婦の家で河井に再会するが、その時の彼女の気持ちと態度には大きな変化が見られる。自分の研究する学問について熱心に語る河井を、真知子は「誰か別人を発見したような珍しさ」(三一五)で眺め、「一万年前の人間の使ったがらくた」の研究と、以前に痛烈に非難した彼の研究の意義も、「そんな生意気なこと、今では思ってはいませんわ。どんな仕事だって、高い目的に結びついてさえいれば、値打ちに変りのないことを知ったのです。漸くこの頃になって」(三二六)と認めるまでに成長している。河井に対する偏見を捨てた真知子は、心を開き、革命の成功したロシアを自分の目で見てみたいという願望や、関とのいきさつを率直に彼に語る。そして、どんな世の中になっても、自分の研究を落ち着いて続けていかれれば幸せであると言う河井を、もう身勝手だとは非難しない。

たしかに三月前の真知子であったならば、云う通り考えたであろう。もっと非道くさえも。

――が、その場合の彼女は、云いながら優しくもの憂げに微笑した河井に、人間としての真実を見た。真知子は率直に伝えようとした。他の英雄的な宣言より、その打ち明けの方が彼らしく、自然に響くと。（三二〇）

東京からの急電で帰京しなければならなくなった河井は、手紙で二度目の求婚をするが、真知子は「慎ましく、飾り気のない言葉に、愛が充ちて」（三二二）いることを感じ、急いで書いた不揃いで下手な字にも、「却って親しみ」を感じる。

真知子と同様に、河井も人間的な深まりが増したことが、この再会の場面と、物語の結末で示される。それまで考古学の研究だけに打ち込んできた彼は、真知子との関わり合いを通して、現実の問題にも取り組む姿勢を見せる。社会主義思想に傾倒する彼女を理解しようとする態度は、「地上の問題は、私たちの仕事と違って、少し真面目に研究しようとすれば当然その思想に突きあたるでしょうし、それを乗り切ることは現在では容易ではないのですから、あなたがその方へ深入りをなさろうとした気持ちも、不自然とは思っておりません」（三一九）という彼の言葉の中に表われている。

さらに、彼の会社で労働争議が起こると、他の重役たちが逃げ回っている中で、河井は争議団の幹部と会見し、名目だけの地位に座っていた自分の無責任さを正直に認め、誠意をもってことの解決にあたることを約束する。そして、彼は研究所以外の不動産をほとんど全部投じて、経営を職工の共同管理にまかせるという解決法を取る。東京に戻る汽車の中で、こうした河井を非難する田口倉子らの言葉を聞きながら、真知子は「河井に対する彼女自身の隠されていた愛を、はっきり感じ」（三五二）、二人の結婚を暗示して、物語は終わる。

『真知子』と『高慢と偏見』を比較してみると、従来の便宜的結婚に批判的な女性主人公、身分違いの名門の男性の求婚と彼女たちの偏見による拒絶、他の男性への主人公の心の傾き、第一の男性の再度の求婚と承諾、その間の主人公らの精神的成長など、二つの作品は驚くほど類似していることがわかる。しかし、二つの作品はまったく異なった印象を読者に与える。『高慢と偏見』が明るく、軽快であるのに対し、『真知子』は暗く、重苦しい。こうした印象の違いが生じる原因の一つは、主人公の性格設定にあるだろう。二人は、正義感に溢れた、無意味な因習やしきたりにとらわれることなく自己の意思を貫く主体性のある女性という点では共通している。しかし、その他の面では、二人の間には大きな違いが見られる。

エリザベスは快活で、「愚かなことやくだらないこと、気まぐれやつじつまの合わないこと」（三九）を笑う、戯れ好きな女性である。また、コリンズの求婚を断る際に、「心から真実を話す理性的な人間」（七六）と自分を定義しているように、彼女は理知が勝っていて、一時的な情熱に押し流されることはない。それ故、若さと未経験から、ダーシーに偏見をいだき、ウィカムの実体を見抜くことができずに好意を持つが、無謀な恋に深入りすることはなく、自分の誤りに気づくと、愛情と経済的基盤に基づくダーシーとの結婚を選び取っていく。また、彼女は真知子とは違って、政治的、社会的問題は口にしない。エリザベスはあくまで限られた枠の中で、当時女性に与えられた唯一の選択の機会である夫選びの際に、最大限に個性を発揮して、自らの手で幸福を摑み取っていく。

これに対して、真知子は内省的で、感情の揺れ動きの激しい女性である。彼女は社会問題に目覚め、自己の属する有閑階級を批判し、そこから脱出する方法を思案する。真知子は階級への嫌悪感から河井の愛を退けて革命家関との恋に賭け、それによって自己変革を遂げようとする。だが、作者の野上弥生子は誤りに気づかせ、彼女にエリザベスと同じように現実に根ざした愛情を選ばせている。

世界的な経済恐慌の中、社会主義運動が盛んで、しかも一方では封建的な「家」の観念が根強く残る昭和初期に、真剣に生き方を模索する知識階級の若い女性を主人公とする『真知子』

を執筆する際に、弥生子は何故『高慢と偏見』を下敷きにしたのだろうか。『真知子』に関連した随筆「鳴る浅間山の麓から」（昭和六〔一九三一〕年）の中で、彼女は若者が社会機構の矛盾に目覚め、搾取者の立場から脱出して搾取される者の立場に立って社会を変革したいという気持ちを、自然なことだと認めながらも、誰もが革命運動に跳び込むことができるわけではない、と説いている。そして、タミという有閑階級の若い女性に、「自分の力に相応しい持ち場で、誰にも気づかれないやうな小さな役割に従事する。それだって彼は決して見物人ではない筈です」[9]と語りかけているが、この忠告は真知子に与えられたものと考えてよいだろう。若さ故の純粋な情熱から、階級的制約を一気に打ち破り、急進的な思想に走ろうとする女性に、自分の誤りに気づかせ、現実に則した選択をさせるために、弥生子は理知的なエリザベスの生き方を示そうとしたのではないだろうか。弥生子は若い真知子を温かい目で見守りながらも、急進的な革命思想が内蔵する矛盾を女性の立場から批判し、人間の理性を基盤とするオースティン流の「良識」や「中庸」を良しとしていると言えるだろう。

第五章

自分探しの葛藤

「伸子」シリーズと「マーサ・クェスト」シリーズ

宮本百合子（一八九九―一九五一）の『伸子』（一九二四―一九二六『改造』連載）、『二つの庭』（一九四七『展望』連載）、『道標』（一九四七―一九五〇『展望』連載）と、ドリス・レッシング（一九一九―　）の五部作からなる「暴力の子供たち」（"Children of Violence" 一九五二―一九六九）は、それぞれ伸子、マーサ・クェストという、因習にとらわれず主体的に生きたいと願う女性を主人公とする、自伝的色彩の強い連作である。主人公の性格や生き方は、その名前によって表わされている。伸子は、どこまでも伸び続けたい、よりよく生きたいという自己成長願望の強い女性である。また、マーサは、クェスト（探究）という名字が示すように、一生涯手探りで自分の生きる道を探し求めていく。

このシリーズの中で、『伸子』と「暴力の子供たち」の最初の二作品『マーサ・クェスト』

(*Martha Quest* 一九五二) と『ちゃんとした結婚』(*A Proper Marriage* 一九五四) は、青春期にある主人公の成熟した女性への精神的成長過程を描いたいわゆる「教養小説」と言えるだろう。[1]彼女たちは共に親もとを離れ、世の中に出て、異性を知り、結婚するが、やがて離婚に至る。『伸子』の舞台は大正期の日本であり、『マーサ・クェスト』と『ちゃんとした結婚』の舞台は第二次世界大戦前後のイギリスの植民地南アフリカと、作品の背景は大きく異なるが、自我意識に目覚め、既存の価値観に反発して自己確立の道を模索する二人の主人公には、多くの共通点が見られる。

これらの作品において、彼女たちがアイデンティティーを模索する過程で、特に母親と夫が重要な位置を占めている。伸子もマーサも、母親とは異なった人格形成をしたいと願い、結婚するが、夫との結婚生活にも失望し、離婚によって新たに出発をはかろうとする。彼女たちは、母親や夫との愛憎の葛藤を通して、自分自身に相応しい生き方を追求しようとするのである。

伸子とマーサにとって、母親の存在は大きい。伸子の母佐々多計代も、マーサの母メイ・クェストも、共に妻、母という役割にのみ生きてきて、女として、人間としての欲求が満たされていない。彼女たちは、自分の満たされない思いを娘への期待や干渉という形で解消しようとする。多計代もメイも、時代や社会の犠牲者だと言えるだろう。だが、娘の目から見れば、彼女たちは自己認識に欠け、自分たちを束縛し、抑圧してきた定型化した価値観を批判することを知らず、むしろそうした価値観を娘に押しつけようとする愚かな人間である。このような母親は、主人公にとって、ある意味で彼女たちが挑戦する価値大系を表わす象徴的な存在でもあると言えるだろう。

伸子の母は、自我の強い、気性の激しいエネルギッシュな女性である。資産家佐々の妻として物質的には豊かな生活を送り、長女の伸子をはじめ子供たちにも恵まれている。だが、時代の制約の中で旺盛なエネルギーを生かす適切な場を持つことができない。「つよい生命力をもちながら、時代の境遇によって夫人、母という立場から動けない」[2]多計代の満たされない思いは、『伸子』の続編『二つの庭』の中にも描かれている。母は自分の実現できない夢を娘に託そうとする。伸子が「母様は、ある点で御自分の生活ではできなかったことを、私にさせたいと思っていらっしゃるのよ、ね?」[3]と言うように、彼女は自分のかわりに娘が作家として成功することに期待をかけている。

しかし、伸子にはこうした期待は重荷に感じられ、母の許を離れ、自分の手で自分の欲しいものを摑もうとしてニューヨークに来たのである。十九歳の伸子のアメリカ遊学の動機は次のように述べられている。

父について紐育へ来たのも、彼女は自分が欲する通りに生きて見る機会を得たいのが主な動機であった。佐々の家で伸子は長女であった。勝気な母の多計代のひそかな待望の偶像にされそうなところがあったり、中流家庭の娘として、伸子が望むだけどしどし人生に突入することを許さない掣肘があった。このままでは、自分が半分も生きるだけ生きていない。生活が未だ始まっていないという意識が、少なくとも過去三年彼女を苦しめつづけて来ていた。……伸子にとっては、親の家を離れて生活できるというだけでも大したことなのであった。（二七―二八）

異国の大都市は、母親や「中流家庭」の価値観の束縛から解放され、伸子が自由に自分の責任で自己を伸ばしていく場となる。

多計代は娘を従来の女の役割で束縛することなく、作家として立つことを勧めるが、娘の結婚に関してはきわめて保守的であり、家の格とか体面を重視する。アメリカで知り合った三十五歳の古代語を研究する苦学生、佃一郎と娘の「身分ちがい」の結婚は、多計代の気に入るはずがない。会う以前から彼女が佃に疑惑を持つのは、彼が「貧しく、社会的背景を持たないため」（七六）である。多計代は、佃が伸子と結婚したのも「相当な親がついているから、どちらに転んでも損はない」（七五）と思ってのことであると推測し、また、佃の親から挨拶のないことも気にかける。

仲子が十六歳も年上の貧乏学生にひかれ、彼との恋愛を貫き、自分のほうから結婚を申し込むという積極的な態度に出るのは、母が持っているような従来の結婚観に対する反発からである。彼女は結婚する以前から両親の驚きや憤りを予測し、「自分は後に引くまい」（五一）と心に決める。家を重視する母親とは異なる自分の結婚観を、仲子は次のように多計代に語る。

「――普通、娘さんはお嫁に行って落着いて、良人と同化して、最も現在の社会に安定な生活を得ようとするのが目的でしょう？　だから同じ階級、同じ伝統をもった家、または少しか或いは沢山、運命が許すだけ成り上ることを条件とする――違うというのはここなの……私は自分が育ったように育ち、自分が見てきたようなものばかり見てきた、その親達も母親達とそっくりだというような男には、ちっとも興味を感じない。それどころか不安よ。だから私が牽きつけられるときは、いつでもきっとその点だけでも何か違ったところがあるものだということになってしまうの……」（七九）

家に固執する多計代は、佃を養子という形で佐々の家に「同化」させようとする。物質的にも社会的にも「勃興時代」にある、「精力的で、排他的で、征服的で、あまり智的でない原始生命が充実して」（九五）いる佐々の家では、家族の者と気軽に交わろうとしない佃は、浮いた存在の「異分子」となり、家庭の雰囲気を代表するのような多計代の神経にさわってならない。彼女は、「異分子」のままでい続ける佃を、「伸子ぐるみ、一層しっかりと自分の手の下に結びつけてしまおう」（一〇一）として、彼を佐々家の養子にしようと言いだす。二人は純粋に愛のために結婚したと思いたい伸子は、養子の話をきっぱり断ろうとしない佃に失望を感じ、孤独感を覚える。養子の話を受け入れることは、佃が彼女を利用するために結婚したという多計代の憶測を承認することになってしまうからである。

結局、戸籍の事情で佃は佐々家の養子になれないことが判明し、二人を佐々の家に、自分の手元に縛りつけておくことができないことがわかると、多計代は伸子に家を出ることを求める。娘を手離さなければならない悲しみや絶望感を、誇り高い性格の母親は、罵ることでしか表わすことができない。

伸子のこうした母親に対する感情は、決して反発と敵意だけではない。激しい、類似した性格を持つ二人は、伸子の少女時代から普通の親子とは違う情熱で結ばれ、互いに強い愛と憎しみを持ち続けてきたのである。いよいよ佐々の家を出て独立するにあたり、伸子は母と自分の関係を省みて、母の存在がさまざまな意味でいかに大きかったかを思う。

とにかく、母は伸子に向かって、存在のあらゆる角度を、生のまま、強烈に打ちつけて生きて来たのであった。伸子にとっても、母は全力を要する生存の対照であった――自分と母との性格の差を自覚し、生活態度を批判し、一言で云えば、彼女の模型でない一女性としての自分を形造って行くためには、伸子は、生半可の力を費やしたのではない。普通、娘が母親に抱く懐かしさ、休安と、正反対の生活燃焼の、異様な閃光が二人の間にあった。今その門を経て次の生活期に移ろうとする時、伸子の魂を満す、この苦しい、この輝いた、追想の蛽集を、何と母に告げよう。（一〇四）

母との確執は伸子の書いた小説が出版された時に再び表面化し、彼女はさらに母から距離を置かなければならなくなる。小説の主人公の母が主人公の夫に対して反感や敵意を持っているという個所が多計代の不興を買い、彼女は伸子に謝罪を要求する。しかし、伸子も後には引かず、結局、激情に駆られた母から佐々の家に出入りすることを禁じられてしまう。伸子は「異様な寥しさ」を感じ、二、三日不眠が続くが、やがて回復し、「これまでにないさっぱりとした気持、軽やかな気持」になる。しかし、そこには「不断の淋しさ」が加わっている。彼女は「自分でしゃんと立って行こうとする欲望」（一三六）を強め、次の仕事に着手する。自己を確立し、よりよく生きたいという自己成長願望を遂げるためには、伸子は自分の「模型」になることを望む母の思惑に屈することなく、強い情愛で結ばれてきた母親から離れて独立していかなければならない。だが、彼女は多計代を完全に否定することもできない。「中流的精神」を持つ母に対する屈折した愛憎の感情は、『二つの庭』や『道標』の中でも描かれている。

伸子が資産家の長女として育ち、アメリカ遊学も経験して、「よい小説が書きたい」という人生の目標も定まった、物質的にも知的にも恵まれた特別の女性として設定されているの対して、マーサ・クェストは、彼女を主人公とする五連作の「暴力の子供たち」という題名が示すように、二十世紀という激動の時代を生きる、一般的なごく普通の女性として描かれている。イギリスから植民地の南アフリカに移住してきた経済的に余裕のない農夫の娘マーサは、伸子とは違って、人生の目標が定まっていない。感受性が鋭く、読書好きというだけで、これといって特別な才能を持ちあわせているわけでもない。女性に対して開かれた職業の少ない時代に生まれたマーサ・クェストは、その名が示すように、手探りで自分の生きる道を探していかなければならない。そして、彼女の自分探しの旅の根底には、伸子の場合と同じように、母親とは異なった生を生きたいという願望がある。マーサにとって、母親はその友人で十一人の子持ちのヴァン・レンズバーグ夫人と共に、最も理想から遠い女性である。

自分は、ヴァン・レンズバーグ夫人のような太った現実的で所帯じみた女性には決してならないつもりだ。母のような不機嫌で口喧しい満たされない女には決してならないつもりだ。でも、それではどんな女性になるのだろう。マーサの心は、今までに読んだヒロインに向かい、彼女たちを退けた。過去と自分自身の間にはギャップがあるようだった。そのため、彼女の考えは混乱し、満たされずに心の中を浮遊した。[4]

マーサの母メイ・クェストは、夫についてイギリスから植民地の南アフリカに来て以来、辛い失意の日々を送ってきた。農場経営に失敗して、戦争の思い出話と自分の病気のことしか口にしない病弱な夫との生活では、妻としても満たされていない。妻として満たされない思いが大きいぶんだけ、子供たちへの関心と期待が増大し、特に娘のマーサには自分の価値観を押し付け、口うるさく何かと干渉する。

伸子にとって多計代は、日本の因習的な家族制度を体現するような存在であるが、マーサにとって母親のメイは、女性や性、人種、政治などに対する植民地白人社会の中心的な思想を象徴する存在である。クェスト夫人は、自分自身の結婚生活が惨めであるにもかかわらず、女の幸福は結婚にあるという考えに固執し、マーサに「結婚するのに相応しい教養のある娘」(七〇)であることを求める。

マーサの手探りの自分探しの旅は、このような母親への反抗という形で始まる。物語の冒頭、家の外の石段で本を読んでいる十五歳のマーサは、ユダヤ人のコウン兄弟から借りたハヴロック・エリスの性に関する書物を、故意にベランダにいる母やヴァン・レンズバーグ夫人の目にとまるような位置に置く。彼女はその書物を、性や女性に対して保守的で型にはまった考え方をする母親たちへの反抗の手段、「自己主張の手段」として使っていることを自分でも意識する。マーサが結婚前にユダヤ人の青年アドルフや後に夫となるダグラスとベッドを共にするのも、母親のヴィクトリア時代風の道徳観に対する反発からである。彼女にとって、「好きな時に好きなようにセックスをするというのは、確かにそれ自体が独立の旗、古い世代の前で振る赤い挑戦的な旗」(二三七)なのだ。

人種問題に関してもクェスト夫人は、きわめて保守的で型にはまった考え方をし、ユダヤ人や黒人に対して強い偏見を持っている。彼女はマーサがユダヤ人のコウン兄弟と親しく付き合うのを好まず、娘がジョース・コウンの紹介で町に仕事を見つけたことに異議を唱える。真珠のブローチを置き忘れれば、黒人の召使が盗んだと言って解雇し、孫のキャロラインが黒人の庭師と遊ぶことに強い嫌悪感を示す。マーサが「別の社会に生きていたら、母もまったく違っていただろう」と思うように、クェスト夫人の考え方は、この時代のアフリカ植民地においてはごく普通のものだったのだろう。マーサ自身、「人を人間として見る前に、まずその人の属する集団や国や皮膚の色から見てしまう」(四七)ことを恥じながら認めている。

マーサが十五歳の頃から心に描き、一生をかけて捜し求める理想都市「四つの門のある町」は、こうした人種的偏見に満ちた母親への反発に由来する。そこでは、「白人、黒人、褐色の膚を持つ人々が同等な者として生活し、憎悪も暴力も存在しない」(一二〇)。そしてこの黄金の理想都市には、「偏狭なヴィジョンと理解力の乏しさのために」(一一)、母親のような俗物は入ることはできないのである。

マーサが自己を模索する過程において、親元を離れて母親の束縛から解放されることが真の自己確立の第一歩であると言えよう。時折訪れる駅前の商店のユダヤ人兄弟から借りる書物が唯一の知的刺激であるような、農場の草葺屋根と泥壁の両親の家での生活は、彼女に悪夢の中に閉じ込められているような感覚を与え、母親はその「悪夢の中の有害な人物」(二四)のように思われる。眼病のために大学を受験せず、外の世界に出る機会を失ったマーサにとって、町の法律事務所の仕事を紹介してくれたジョース・コウンの手紙は、「おとぎ話の王子のキスのように閉塞状態から解放してくれた」(一九七)ように思われる。丁度伸子がニューヨークで感じたように、十八歳のマーサも、親元を離れて始める都会での新しい生活に、解放感と期待を感じる。

そしてドアは閉じたのだった。ドアの後ろには農場と農場によって創造された少女がいた。彼女にはもう関係のないことだった。彼女は忘れることができた。
彼女は新しい人間になっていた。そして、驚くべき素晴らしい生活、まったく新しい生活が始まろうとしていた。（九〇）

マーサの自己確立への第一歩は母親から離れることであるが、彼女の母親に対する感情は憎悪と反発だけではない。伸子が多計代に抱いているような強い情愛ではないとしても、マーサは母親に対して断ちがたい感情を持っている。クェスト夫人の干渉は、娘が町に出たあとも、結婚後も続く。新婚家庭に来て部屋を勝手に片付ける母親に、マーサは苛立ちを覚えるが、夜着の綻びを繕う、荒れた母の手を見て、強い憐憫の情に駆られる。

彼女は座って、夜着を繕う、荒れて節くれだった手を見た。手を見ていると、母を気の毒に思う気持ちで胸が一杯になった。さらに、子供の頃母がどんなに好きだったか思い出した。彼女はもはや存在しない女性の白い美しい手を思い浮かべることができた。[5]

人生における唯一の関心事は子供だけで、嫌われながらも執拗に娘に干渉するメイ・クェストにも、ヴィクトリア朝の「家父長的な父親」に反抗して、中産階級の娘が使うのが妥当だと思われるずっと以前に「自分自身の生活」という言葉を口にした青春時代があったことが、作中何度か述べられている。また、アフリカの夜に泥壁と草葺屋根の家で涙を流しながらショパンの夜想曲をピアノで弾く一面も、彼女は持ち合わせている。「経験によって学ぶ力を持たない」(三六四)、自己認識に欠ける世代の女性である母を、マーサは哀れに思い、彼女の境遇に同情も寄せている。

しかし、マーサの心の中には、同情と憐憫と共に、自分も母と同じような生を送るのではないか、「階級と世代のこの悪夢、この繰り返し」(一四七)を生きるのではないかという強い恐怖心がある。彼女は子供を産まないことでその「円環」を断ち切ろうとさえ思う。マーサの母親へのこだわりは、母と同じように結婚して子供を産み、そして離婚した後も、さらにロンドンに移り住んだ後でさえ、「暴力の子供たち」シリーズ全体を通して途切れながらも続いていく。

マーサが抱く「母親と同じことの繰り返し」を生きることへの不安は、伸子の心の中にもある。悪い評判や周囲の反対を押し切って、彼女が年の離れた「一生、大学の図書館のご厄介になって終わる」ような「苦行僧」(二〇)、佃との結婚に踏み切るのも、因習にとらわれた生き方に対する反発が根底にある。家柄の良い立身出世しそうな男と結婚して子供を産み、「世間と調和的」に生きるという従来の結婚し対して、伸子は「漠然とした重苦しさ、狭さ、凡庸さ、不安の感」（四七）を常に抱いてきた。彼女が理想とする結婚は、仕事の上でも経済的にも自立した男女が自己成長する場である。そして、佃との結婚でこの理想を実現できるかに見えた。

佃には佃の仕事がある。自分には自分の仕事がある。そして、経済的にも、伸子は彼を稼ぎ手としなければならない必要はなかった。彼と生活をともにし、互いに扶け合い、一緒にやってゆきたいのは、ただ、互いの愛をまっすぐ育てられる位置において二人が、より豊富に、広く、雄々しく伸びたいからだけなのであった。（四七）

佃は結婚後も伸子を従来の妻の役割に閉じ込めることなく、彼女が自由に仕事をすることを認める。しかし、母との確執の後佐々の家を出て二人だけで暮らし始めると、単調に「無表情に廻転」する生活の「幅の狭さ、重さ、若々しい柔軟性の欠乏」（一〇八）に、伸子は言いようのない物足りなさを感じる。彼女が心の飢えを感じるのは、二人の生活態度や人生目標があまりにも異なり、精神的な交流が得られないためである。その名前が示すように、絶えず伸び続けたいという欲求の強い伸子に対して、佃は私立大学に職を得て生活が安定すると、学問的野心も知的好奇心も失ってしまう。彼は「これまでの精神上の荷物を、どこかにおろしてしまったように見え」（一一六）、文学作品はおろか、雑誌さえ一冊以上は目を通そうとしなくなる。日常の会話においても、伸子が面白いと思うことには興味を示さず、彼が好む話題は、勤め先の出来事や同僚の噂話である。

伸子が佃に不満を抱くのは、内向的で社交性のない彼の性格よりも、安定志向の小市民的な彼の生活態度のためであろう。伸子は「中流家庭」の拘束を脱して、「より豊かに、より広く」成長するために新しい家庭を築いたのだが、佃との生活にも「彼女に辛抱ならぬ中流的な精神や感情の不活発さ」（一八六）を見いだす。アメリカ生活が長く疲れた中年男の佃が家庭に求めるものは、安らぎの場であり、「我らが安穏」である。彼の将来の望みは、夫婦で「倹約や貯金や恩給」を楽しみにして、つつがなく一生を終えることなのである。彼の「中流的な精神」は、伸子が別居を申し出た時に、教壇に立つ者が別居などしたら人に顔向けができないと、世間体を気にして頑強に反対することにも見られるだろう。

伸子は『二つの庭』に書かれているように、「人間としてよりよく生きようとしている意志」（三二三）を持った女性である。「中流的な精神」を持つ佃との生活に、「だんだん自分の心に切ない渣滓が溜まって来るのを感じ」（一一六）、淋しさを訴え、「こうしていていいのか」という疑問をぶつけても、佃は「今に馴れます」と言うだけである。知り合いの横田に「細君は何だか、生まれつき以外に、細君的属性とでも云うものが要求されるみたいね。細君業は、女の適応性を極端に発達させる点で、危険じゃないかしら？……『私』というものがなくたって立ちゆくんだからこわいでしょう？」（一五四―一五五）、と言うように、佃の妻としての生活に馴れ、向上心と自分らしさを失っていくことこそ、伸子が最も恐れることである。そして、「細君業」に馴れることによって目の前に拡がってきた道は、「一人の女が人間でなくなろうとする道ではないか」（一五七）、という思いに駆られる。

こうした佃との生活に決着をつけ、離婚に踏み切るきっかけとなるのが、吉見素子との出会いである。近年フェミニズム批評では、女性を主人公とする自己発見、自己成長の小説における他の女性が果たす役割の重要性が指摘されているが、伸子の場合も、素子との交流が彼女の自己確立に重要な役割を果たしている。年上の友人で文学上の先輩でもある楢崎佐保子の家で紹介された時、自分の家を持ち、独立して自由にのびのびと生きているロシア文学の翻訳家に、伸子は「純な魅力」を感じる。数日後に彼女の家を訪ねてくれた素子と、「寛いだいい心持」で文学について語り合い、佃からは得られない心の交流と知的刺激を得て、「少なからず元気づけられた自分を感じ」る（二二一）。

さらに、佃との生活を見直すために祖母と田舎で暮らす伸子は、手紙によって素子との新しい結びつきを深める。佃とのことやその他自分の思っていることを書き送ると、素子はその一つ一つに意見を述べ、彼女の空虚で沈んだ心に「生気」を吹き込んでくれる。そして、素子の来訪を告げる手紙が与える「あたたかい悦び」は、夫との五年間の生活でいかに嬉しさに飢えていたかを痛感させ、伸子は離婚の決意を固める。訪ねて来た素子との「いい心持がする」精神的交流は、さらに新たな生活を始める活力を彼女に与える。

伸子はいつの間にか再び自分を貫いて、活発な生活欲が流れだしているのを感じた。自覚しないうちに全身がその流れに領せられたかのようであった。……新しい生活をしたい、違った暮しを見出したい、そう思いつめ求めていた時、それらのものはどこにあるかさえ知れなかった。知らないうちに、時期が来た。ある朝ふと目を醒し、人が俄にしみじみと天地の春を感じるように、気がついて見まわすと、もういつか自分のまわりを流れているのは過去の潮ではない。——そう云う気持が深く伸子を動かした。（二三二）

仕事のために離婚すると思っている佃に対して、「私はへぼ小説を書く前に、女に生まれて来ているのよ、しかもまるで女なのに」（二三七）と言うように、籠の中に収まることが結婚であると考えている夫との生活では、伸子は女としても満たされていない。自然の力のみなぎる田舎での暮らしと素子との精神的交流で、本来持っている旺盛な生命力を取り戻した彼女は、羽ばたき続けたいという願望を胸に、「飼鳥になっては堪らない」（二三九）と佃の許から飛び立っていく。『二つの庭』や『道標』で描かれているように、ロシア文学専攻の吉見素子との交流は、伸子をより広い新しい世界へ、ソヴィエト旅行を通しての社会主義思想への目覚めへと導いていく。

従来の家中心の結婚制度に反発を感じる伸子には結婚に対する理想があり、佃との結婚も彼女自身の積極的な意思に基づいているのに対し、両親の不幸な「お互いに憐れみ合うことだけで成り立っている」結婚生活を見て育ったマーサは、「決して結婚などしない」（六一）と誓うほど結婚そのものに否定的である。進歩的な雑誌『ニュー・ステイツマン』を購読する三十歳の公務員ダグラス・ノーウェルは、マーサには遊興に耽るスポーツ・クラブの男たちとは違った、知的で素晴らしい人のように見え、自分と「同じ仲間」であるように思われる。しかし、彼女はダグラスとベッドを共にした後に結婚の約束をするが、翌朝には彼との結婚をまったく望んでいないことを意識する。

結婚に否定的なマーサがダグラスと結婚した理由の一つとして、年頃の女の子は結婚するべきであるという社会的圧力を挙げることができるだろう。結婚直後に「何故結婚したのか」という結婚の立会人をしてくれたメイナード氏の問いに、彼女は自分の意志とは関係なく、周囲の人々の当然二人は結婚するだろうという期待の中で、「釣り糸にかかった魚のように引きずられて」（八六）結婚してしまったと思う。

また、マーサには、ダグラスと結婚することで満たされない現在の生活から脱出できるのではないかという期待もある。農場の生活と母親の束縛を逃れて都会にやって来るが、小さな法律事務所での秘書の仕事とスポーツ・クラブでのダンス・パーティーの日々は、彼女に満足感を与えるものではない。町に来て数週間後には、彼女はすでに退屈し、何か違うものを求めている。周囲から期待される「女の子」の役割を演じながらも、何かもっと重要なことがしたいという欲求に駆られる。十九歳の伸子が家庭環境や才能に恵まれ、人生の目標が定まっているのに対して、同じ年のマーサには、明確な生きる目標がない。新聞記者か作家になりたいという夢はあるが、それは夢でしかない。書いたものを雑誌社に送っても、採用されずに送り返されてくる。ダグラスとの結婚は、このような町での生活に終止符を打ってくれるように思われる。

結婚は世間のために通過しなければならない、つまらない因習的な儀式だと考えているマーサが、結婚式をダグラスと自分を安全にロマンティックな愛の中に囲いいれてくれるドアだとも思っていることは奇妙だった。……彼女は結婚を町での生活に対してしっかりと閉じるドアだと考えていた。町の生活にはすでになんとも言いがたい嫌悪感を抱いていた。彼女はいままでの生活が自分とはなんの関係もなくなる瞬間を待ち望んでいた。(二二七―二二八)

だが、結婚後間もなく、マーサは「この結婚は愚かな間違い」（三九）であったことに気づく。ダグラスと暮らし始めてみて、町で一人暮らしをしていた時よりもかえって「抜け出せないように閉じ込められた」（四五）ような気持ちになる。それは、伸子が佃との生活で精神的交流も知的刺激も得られなかったように、マーサもダグラスとの生活では精神的な満足感を得られないためであろう。

ダグラスは佃と同じように、従来の結婚制度の中では決して悪い夫ではない。公務員としてきちんと仕事をし、妻が妊娠していることがわかると、父親になることを誇らしく思い、父親の責任として保険に加入する。妻が家事と子育て以外に自分の世界を持つことにも同意している。だが、佃と同様にダグラスにとって、家庭は安らぎの場であり、毎晩妻とくつろぐ時の話題は職場の噂話である。胃潰瘍で除隊になった後、ダグラスは郊外に大きな家を買うが、そこでの人々の暮らしは、その一員である彼の小市民的な生き方をよく表わしている。

彼らは四年か五年に一度喜望峰で休暇を過ごし、月に一、二回、一日の仕事が終わってから互いに夕方パーティーに招待しあい、週に二、三回ダンスか映画に行った。つまり、彼らは非常に快適で、一瞬の不安もあり得ない生活を送っていた。「安全」が彼らの戸口に書かれた金言で、安全は深く彼らの生活の一部になっていたので、それについて疑ったり、話したりすることはなかった。彼らの人生のクライマックスは五十か五十五歳で、その時には、家や庭や家具は自分のものになり、年金や保険が実を結ぶのだった。（三四九―三五〇）

「中流的精神」の持ち主であるダグラスは、政治集会のような「非合法的なもの」は認めようとせず、マーサが左翼グループの集会に出席するようになると、世間体を気にして公務員である自分のキャリアに傷がつくことを恐れ、彼女を非難する。

『伸子』の中で、伸子と佃の生活は「単調」に「狭く無表情に廻転」するという言葉で表わされているが、マーサとダグラスの結婚生活は、二人の住むアパートの窓の外に見える遊園地の観覧車によって象徴されている。マーサには「忌まわしい結婚指輪」のように見える、ゆっくりと回転する輪は、同じことを繰り返す単調な二人の生活を表わすと共に、母から娘へと繰り返すジェンダーの役割の中にのみ生きる女たちの不幸な生の象徴でもあろう。マーサは、母親とは異なった生を生きたいと願いながら、同じように型にはまった結婚をしてしまった自分を振り返り、五十歳になったら彼女自身も母のような「心の狭い、保守的で、偏狭で、感受性の鈍い女」（五二）になってしまうのではないかという思いに駆られる。そして、不幸な女の生のサイクルを断ち切るために、彼女は子供を産むまいと決める。しかし、結婚した時点ですでに妊娠しており、彼女はさらにジェンダーの役割の中に閉じ込められることになる。つわりで気分の悪いマーサの眼には、窓の外の「輝く輪のいつまでも続く単調な動きは、恐ろしい本質的な真実を啓示しているように」（一四二）映る。

マーサがダグラスとの結婚生活に不満を抱くのは、従来の女性の役割にのみ生きることに充足感を得られないからである。夫が出征して留守の間、彼女は子育てに追われる。子供を持てば必ず幸せになれる物語の中の女たちとは違って、完全には満たされず考え込むマーサの心に、ある考えが浮かぶ。

こうした物憂い自問自答から、あるはっきりとした考えが出てきた。それは、このような問題を避ける文学の中には存在しないとしても、世の中には暖かく許容力のある女らしさと母性と共に、マーサが自分の満足のために漠然と「人間」と呼ぶ本性を兼ね備えた女性がいるにちがいないという考えだった。自分はそのような女性を探さなければならないのだ。（二九一）

マーサも伸子と同様に、女も一人の人間としてよりよく生きたいという欲求が強いからこそ、従来の結婚制度の中でジェンダーの役割にのみ生きることを不満に感じるのだ。伸子が「細君業」で自分らしさが失われることを恐れたように、マーサにとっても、「女らしくダグラスの望むことに合わせ従うことは、すべて自分の真の性質に反する偽り」（四二七）であり、耐えがたいことなのである。

伸子の場合は、自由にのびのびと生きているロシア文学の翻訳家吉見素子との出会いが離婚に踏み切る力を与えるが、マーサにとっては、コミュニスト・グループの活動に参加することが新たな出発をはかるきっかけとなる。自分を取り巻く植民地主義思想に反発を感じながら育ったマーサには、人種差別のまったくない「四つの門のある町」を理想郷とするように、常に社会改革の願望があり、ユダヤ人コウン兄弟の影響下に結婚後もずっと左翼グループの活動に関心を持ってきた。ダグラスが三週間出張で留守の間に「同盟国援助団体」の集会に行き、彼女はそこでロシア革命について書かれた本を買う。丁度『道標』の中でソヴィエト旅行が伸子を共産主義に開眼させたように、その本は二十二歳になるまでまったく知らなかった世界に彼女の目を開き、マーサは「生まれて初めて生きる理想を与えられた」（三九九）ような気持ちになる。彼女には、現在自分の住む世界は「醜く、野蛮で、卑しく」、もう一方の世界は「高貴で、創造的で、寛大」であるように思われ、「新しい世界を作ろうとしている人々の一人に自分もなりたい」（三九八）という強い衝動に駆られる。

マーサが離婚を決意するのは、ダグラスをはじめ周囲の人々が考えるように、左翼グループの仲間のウイリアムとの恋のためではない。「私は誰かのためにダグラスの許を去るのではありません。……私は違った生き方をするために彼の許を去るのです」（四四六）と言うように、「素敵な家」、「安定した将来」そして「可愛い小さな娘」まで捨てて離婚に踏み切るのは、夫が望む安らぎの場としての家庭では彼女は人間としての自己実現の欲求が満たされないからである。この時点では、マーサは社会主義政治活動に身を投じることによって社会改革の夢を実現し、よりよく充実して生きられると思ったのである。また、後に後悔して何年も罪の意識に悩まされるのだが、彼女が幼い娘のキャロラインを夫の許に置いてくるのは、母から娘へと繰り返される不幸な女の生のサイクルを断ち切りたいためである。家を出るにあたって、彼女は「キャロライン、あなたはまったく自由になるわ。私はあなたを自由にしてあげるのよ」（四七一）と優しく呟くが、娘を手放すことによって「家庭」から解放してやることができると思ったのである。

マーサはこの時点では、コミュニスト・グループの活動の中に自己実現の場を求めるが、やがてアフリカの現実から遊離した集団の実体に失望する。彼女の関心は、政治的、社会的変革から心理的変革へと変化し、自分探しの旅は、このシリーズの最後まで続く。これに対して『伸子』の続編では、主人公が共産主義思想に開眼し、その中で自己実現の道を見出していく過程が、すでにプロレタリア作家として自己を確立した作者の手により理想化されて描かれている。

このように、「伸子」と「マーサ・クェスト」シリーズの他の作品ではその質が異なるが、青春期にある主人公の自己確立を模索する過程を描いた作品においては、共通する部分が多い。この類似性は、既存の中産階級的な価値体系にとらわれることなく主体的な自己を確立したいという主人公の希求から生まれるのではないだろうか。彼女たちは共に、母、夫という他者とのかかわりのうちに自己意識を育成しようとする。自分自身満たされない思いを内に抱えながらも、娘に既成の制度や価値体系の中に留まることを求める母親は、彼女たちが自己を模索する過程においてモデルにはなりえない。むしろ母親の期待や干渉は彼女たちの自己展開の桎梏となり、そこから逃れ、独立することが、自己確立の第一歩となる。伸子もマーサも、母親とは異なった生き方を求めて新しい家庭を築くが、「中流的精神」を持つ夫との生活は、彼女たちの自己成長願望を充足させる場にはならない。二人は共に、家庭の「安穏」を捨てて、新しい世界に自己実現の場を求めていくのである。

II

第六章

母性体験の現実　『寵児』と『碾臼』

一九三九年生まれのマーガレット・ドラブルは一九六〇年前半から、一九四七年生まれの津島佑子は六〇年代後半から小説を書き始めているが、彼女たちの初期の作品には、妊娠、出産、子育てといった母性体験を、子供を産む主体者である女性の視点から捉えたものが多い。彼女たちより前の世代の女性作家の多くが、母性神話に対する反発からか、子供を産む性を否定的に捉えているのに対して、二人は共に母性体験に積極的な意味をもたせている。

一九九〇年にドラブルが来日した際に、「仕事と家庭」（"Career and Family— for the Woman Writer and in Women's Writing—"）という題名で津島との公開対談が行われた。この対談の中で、彼女たちは自分たちの作品や女性がものを書く場合に生じる問題について語り合っているが、二人の意見が一致する興味深い点がいくつか見られる。第一に、二人は共に女性体験の現実と社会で受け入れられている既成概念には食い違いがあることを指摘する。津島は女性の性や出産、子育てといった女性体験の現実が書かれていないことに気づき、読み手としての不満が、女性についての小説を書き始める動機の一つになった、と語っている。第二は、女性特有の体験を表現する言葉に対するこだわりである。津島は想像妊娠をテーマにした『寵児』を書く際に、「妊娠に関するあらゆる言葉を再考し、再検討しなければならず、社会で一般に使われている言葉をそのまま使用することができないことに気づいた」[1]という。ドラブルも同じように、作品を書くときには母性体験を表わす適切な言葉を捜すのに苦労し、従来の文学にない新しい言葉を見つけなければならなかった、と語っている。三つめは、これまでの男性は加害者、女性は被害者という図式に収まらない人物像を創り出そうとする姿勢である。彼女たちは作品の中で、被害者意識の薄い、自らの意思で生の選択をする女性を描こうとする。二人はまた、女性の意識をできる限り表現しようと苦労してきた先輩の作家たちとの連帯感にも言及している。

ドラブルの『碾臼』（*The Millstone* 一九六五）と津島の『寵児』（一九七八）は、それぞれ結婚という社会的に容認された制度の外での妊娠と、この体験を通して微妙に揺れる主人公の意識の変化を描いている。妊娠をきっかけにしてロザマンドも高子も、自分自身と向き合い、周囲の人々との関係を見直し、そして、自分の過去を振り返って見ざるをえなくなる。この二つの小説を対談の中で話題になった点を考慮しながら比較し、そこから浮かび上がってくる問題について考えてみたい。

まず、『碾臼』の中で、母性体験はどのように描かれ、また、どのような意味を持つか考えてみたい。『碾臼』という題名は、聖書の「マタイによる福音書」の「わたしを信ずるこれらの小さい者のひとりをつまずかせる者は、大きなひきうすを首にかけられて海の深みに沈められる方がその人の益になる」[2]という個所から取られている。この小説の主人公にとっての「碾臼」とは、初めての交わりによる偶然の妊娠、そして未婚のままでの出産と子育ての体験であろう。

最初、望まない妊娠は、主人公の見せかけの自立と自信を脅かす。ケンブリッジ大学出身で、目下十六世紀の詩について博士論文を執筆中の若い英文学者ロザマンド・ステイシーは、自立した女性であることを自負し、自分の知的能力や生活能力に強い自信を持ち、また、解放された女性のように振る舞ってきた。しかし、強い自信とは裏腹に、対人関係には非常に臆病であるために、他者との密接な接触を避け、学問以外の現実を直視することなく生きてきた。妊娠に気づいたとき、彼女は「生まれて初めて完全に途方にくれ」[3]てしまう。そして、中絶しようとするが、悩んだ末に結局は子供を産む決心をする。そこから、「碾臼」はただ彼女に重くのしかかる重荷から、ロザマンドの目を外の世界へ開かせ、自分の弱さを自覚したうえでの真の自立へと彼女を導く引き金に変わる。

父親が大学教授である知的中産階級の家庭に育ったロザマンドは、妊娠するまで外の世界の現実を直視することなく過ごしてきた。妊娠検査のために訪れた病院で目にした診察を待つ人々の病苦や老いや貧困は、彼女にとっていわば「天啓」、「現実への開眼」(三六)となる。彼女は世の中には差別や不公平やどうにもならない苦しみがあることは理屈の上では知っていた。しかし、父親のいない子供を産むという立場にたったとき、ロザマンドは初めてそうしたものが存在することを実感する。また、産科病院でも貧しく疲れきった妊婦たちを目にして、「やはり私もその一人なのだ。私も同じようなものなのだ。私は生まれて初めて人間の限界に突き当たり、これからはその中で生きていく方法を学ばなければならない」(五八)と思う。出産のために入院中同室の女性たちの夫が面会にくるときに、カーテンを引いて人知れず流す孤独な涙も、彼女に「人間の限界」を自覚させる。

さらに、赤ん坊のオクタヴィアが心臓の手術を受けなければならなくなったときの苦悩と不安は、ロザマンドに自分の中の弱さを強く意識させ、彼女を血の通った人間へと成長させる。彼女はこれまで感情を抑え、他人も自分も傷つかないように暮らしてきたが、手術のあと、病院が乳幼児面会謝絶の規則を盾にオクタヴィアに会わせてくれなかったときには、初めて恥も外聞もなく泣き叫び、面会を要求して、目的を達する。そしてこの後、ロザマンドは自分が一回り大きく、逞しくなったと感じる。

これまで私はあまりに心配しすぎると、実もならず花さえ咲かなくなるほど性格が腐ってしまうと心の奥で確信していた。しかしそのときほんの一瞬だが、私は与えられたものを受け取ることができると感じた。オクタヴィアが生まれて以来初めて私は十分能力があると感じた。私はヨブのように最悪のものに見舞われ、ヨブのように自分の状態を保ったのだった。今私は人生がどのようなものか多少わかった。そして今後幸福という名で私が受け取るものはすべて、望みではなく、事実に基づいているだろう。(一四二)

この作品の中で、赤ん坊のオクタヴィアは、ロザマンドにとって予想もしなかったような喜びを与えてくれる、自分以外の初めての愛の対象として描かれている。これまでロザマンドは「人と人を結ぶ絆」を注意深く避けてきたが、オクタヴィアとは固い絆で結ばれる。「こちらの体じゅうを包み込むような、眩いばかりの明るい」、「無批判な愛情」(一一五)を恵んでくれる娘は、彼女にとってなくてはならない生きがいであり、またそれを守るためには、誇りも臆病さも捨てさせ、他人の助力も求めさせる存在になる。物語の終わり近くで、風邪気味のオクタヴィアのために薬局に薬を買いに行くとき、眠っている幼い子供を一人で置いておくことに不安を感じたロザマンドは、普段つきあいもなく、感じがよくないと思っていた隣人に、勇気を出して留守を頼む。快く頼みを引き受けてくれたばかりでなく、彼女の十六世紀の英詩についての本まで買ってくれた隣人夫婦の思いがけない親切心と優しさに接して、ロザマンドは他人との触れ合いの重要性も認識する。

妊娠と母親としての体験を通してロザマンドは自分自身に目覚めると共に、外の世界の現実にも目を開く。彼女は妊娠をきっかけに両親や兄姉によって表わされるいわゆる良識や中産階級の価値観を問い直し、その枠の外で生きることを決意する。

大学設立のためにアフリカに行っている経済学者の父と母は、進歩的な労働党支持者で、子供たちは公立の学校に入れ、自立と平等の精神を教えた。彼らの理想主義的な価値観は現実生活では時として矛盾を引き起こすが、彼らは気づかない振りをする。オクタヴィアの心臓の手術をした医者がたまたま父の同級生だったために、子供の存在を知った両親は、帰国せず、もう一年インドに仕事に行くとロザマンドに手紙で知らせてくる。これは親子をアパートから追い出して苦労させせまいとする配慮であることはわかっているが、彼女は両親の他人に対する配慮や修羅場を避けようとする態度に、厳しい現実を見る必要のない、また見ようともしない、恵まれた人の偽善を、「確固とした伝統的なイギリス流道徳」（一四五）を感じ取る。そして、何ごとも建前できれいに処理しようとする両親をまだ子供ではないかと思い、娘のためならばどんな醜態も演じる自分を大人になったものだと感じる。

理想主義者の両親に育てられたロザマンドの兄は、実業家になり、大佐の娘を妻にして、ディナー・パーティーやブリッジ遊びの小市民的な世界にどっぷりと浸かっている。姉はオックスフォード大学で経済学を学んだが、科学者と結婚し、現在は子育てに専念している。彼女は大学で学んだことを活用していないことや自分の主義に反して夫が原子力開発に携わっていることに自責の念を感じている。だが彼女も、悪い言葉を覚えるからといって自分の子供に労働者階級の子供と遊ぶことを禁じたり、ロザマンドが未婚のまま妊娠したことを知ると、世間の目を気にして子供を養子に出すように強く勧めるなど、中産階級的価値観の中に飲み込まれている。

兄や姉を飲み込んでしまった中産階級的価値観の支配する社会は、その枠から外れてしまった者を認めないことをロザマンドは知っていて、結婚という制度の外で生まれた子供をかかえ、「これから先何年も暗く冷たい世界で」(一七二)生きなければならないことも覚悟している。しかし、彼女はいわゆる「まともな」世界からの圧力に屈しまいとする意思と行動力を持っている。物語の最後で、予定より早く完成した彼女の博士論文は出版されることになり、ロザマンドは「非常に魅力的な大学のひとつ」に職を得て、子供を一人で養っていくに十分な経済的な基盤を築いている。自ら「意気軒昂である」(一五五)というロザマンドには、産む性に居直った者の自信と逞しさが感じられる。

ロザマンドが自分の性に目覚めるのも、精神的成長を遂げるのも、従来の小説におけるように、異性との愛を通してではない。彼女は大学時代から男友達とホテルに泊まるなど、自由奔放な女性のように振る舞ってきた。しかし、根はヴィクトリア朝的人間だと言うように、因習的な道徳に縛られてきた。オクタヴィアの父親となるBBCのアナウンサーのジョージを自分の部屋に入れるのも、彼を同性愛者だと思って警戒しなかったためである。ロザマンドは妊娠に気づいたとき、罰として自分の胸に付けるべきものは、『緋文字』の主人公ヘスターのような「姦淫」(Adultery)のAではなく、「禁欲」(Abstinence)のA(一八)であると思う。

ロザマンドが男性との肉体的接触を恐れたのは、それが親密な精神的接触につながると考えたためであるが、肉体的交わりをもった後でも、ジョージとの精神的関係は深まることはない。この小説において、母娘の絆の強さと対照的に描かれているのが、男女の絆の不確かさである。ジョージには、「可愛い」、「優しい」、「女性的な」、「控えめな」といった形容詞が付けられている。ロザマンドは彼を嫌ってはいないが、妊娠に気づいてからも連絡を取ろうとしない。小説の最後で、ロザマンドはクリスマ・イヴに薬を買いに行った薬局で二人は偶然に再会し、ロザマンドは子供を見せに彼を家に連れてくる。しかし、彼女はジョージに真相を告げず、二人は別れていく。この結末は多くの人々にとって不満だったようで、スウェーデンでは翻訳者が勝手に二人が結ばれるハッピー・エンディングにしてしまったそうである。[4] だが、ロザマンドにとって「世の中で唯一つ確実なもの」は、ジョージに感じる「戸惑った、発作的な光」ではなく、「絶えず薄っすらと真珠のような光」(一七二)を放っている我が子のオクタヴィアなのである。

『碾臼』においてドラブルは、女性の体験を独自の「声」で語ろうとしている。日常の細事を描くことが巧みな彼女は、前作『ギャリックの年』(*The Garrick Year*)(一九六四)で幼い子供をかかえた若い母親の日常を細かく描写しているが、この作品でも、授乳でロザマンドの服がミルクだらけになる様子や、乳母車の中で何にでもニコニコと笑いかけるオクタヴィアの細かい描写などが、小説に現実感を与えている。また、他の赤ん坊の描写も物語の中で効果的に使われている。病院で診察を受ける妊婦から預けられた乳児はその一例である。膝の上の眠っている子供の重さや、コートを通して伝わってくる、漏れた尿の湿り気は、ロザマンドに子供を持つことの重みと母親になることの喜びを教える。

私はものすごく大きくて恐ろしく重い、赤ん坊の暖かくぐんにゃりした体を膝にのせて座っていた。子供は少し鼻をたらし、口をあけて息をしていた。私はその重さにびっくりした。脚が重さでつぶれてしまいそうだったのだ。赤ん坊は暖かいだけでなく湿っていることにも気づいた。毛糸で編んだズボンから私の膝にひどく漏れていたのだ。……私はたっぷり十分はその児を膝にのせそこに座っていた。赤ん坊を抱いたのは初めてだったが、しばらくすると、コートにシミがつくのではないか、つかないようにと思いながらも、コートの湿り気が気になるのと同時に、その小さい暖かい体、太った柔らかい頬、そしてとりわけ静かなスースーという寝息が、子供とはこのようなものだとしみじみと私に感じさせた。私は両腕でしっかりとその児を抱きしめた。(七〇)

若いロザモンドにとって、偶然の妊娠は、自分自身への、そして社会への目覚め、真の自立への引き金となったが、『寵児』の主人公にとっては、妊娠はどのような意味をもつのだろうか。三十六歳のピアノ教師水野高子は、離婚後娘の夏野子を女手ひとつで育て、母性体験の喜びをすでに知っている。それ故、妊娠は最初から彼女にとって肯定的な意味を持つ。高子は受胎の瞬間を「恩寵の刹那」と呼び、その時の気持ちを「ほんの一瞬、天体の運行を体のなかに呑み込んでしまったような気持ち」[5]と表現する。彼女にとって妊娠することは、「本能をすべて肯定すること」である。土居という妻子ある男性と付き合っていたとき妊娠を恐れた原因を、高子は土居の妻への遠慮ではなく、「瞬間瞬間に消えて行く快感の気楽さに執着し、互いの肉体を越えて存在する本能に背を向け続けて」、「本能を憎み、さげすみ続けていた」(六二)

ためと考える。そして今、土居との子供を産まなかったことを後悔している。なぜなら、本能を全面的に肯定した結果生まれてくる子供は、彼女に「さまざまな新しいものを作り出してくれるはず」(九四)だからである。

しかし、高子もロザマンドと同じように、最初は「妊娠したという事実」に怯えを感じる。彼女の恐れと迷いは、世間体を気にしてのためらいからきている。この作品が発表された当時は、三十六歳は結婚している女性にとっても子供を産むには遅い年齢である。だが、ためらいながらも、「そうした年齢だからこそ死ぬ時にまで後悔を残すような選択はしたくない」(六四)、と高子は思う。「分別、という無表情ではあるが、居心地の良い場所」(一一五)に身を落ち着けたくて、中絶のために病院に向かったりもするが、子供をおろすことはこれまでの自分の生き方をすべて否定することになると彼女は気づく。

ロザマンドは未婚のままでの母性体験を通して既成の価値観の矛盾や欺瞞に気づき、その外で生きることを決意するが、高子は常識という枠からはみ出した生き方を子供の頃からすでにしていて、これまで世間体に惑わされない「自分なりの選択」をしてきたことを誇りに思っている。彼女の生き方の根底には十二歳で亡くなった知恵遅れの兄の存在があるが、ここでは詳しく触れない。高子は大学の学園紛争の頃、重装備の機動隊に向かって無益に石を投げ続ける学生たちの写真に「自分のなかにある心象風景」(二一〇)を見つけ、強い共感を覚えるが、彼女も自分なりの立場で石を投げ続けてきたのである。学生時代に母と姉から離れて一人暮らしを始めたこと、男友達との同棲、結婚と離婚、自分の収入だけで娘と自分の生活を維持していくことなどが、「石を投げる」行為であった。そして今、三十六歳で父親のいない子供を産むという選択も、彼女の大きな「石」なのだ。

しかし、高子の批判し拒絶してきた、いわゆる「まともな」世界に、思春期の娘の夏野子は惹かれている。夏野子は、もはやロザマンドの娘のオクタヴィアのように、母親に「無批判の愛」を注ぐ母親の「生きた延長」ではない。彼女は弁護士の夫を持つ伯母の広い芝生の庭のある家に寝泊まりし、母の許には週に一度帰ってくるだけである。また、中学受験をひかえ、従姉の通っている私立のカトリック系女子中学に行くことを希望している。夏野子の惹かれている物質的な豊かさに裏打ちされた良識良俗社会は、そこに合わない者は無慈悲に拒絶する欺瞞に満ちた世界である。実際、離婚家庭の娘である夏野子は、受験で不合格になってしまう。

ロザマンドは母性体験を通して精神的に成長し、彼女の意識も大きく変化するが、高子の場合も三十六歳での妊娠体験は、想像妊娠ではあったが、彼女の意識を変える。この体験は彼女に自分の生き方を再確認させると同時に、娘との関係も見直させる。高子の想像妊娠のきっかけは、もはや所有することができなくなった娘との距離感、孤独感とも考えられる。物語の冒頭では、彼女は娘をなんとか自分につなぎとめておきたいと思っている。自分の体の変化に気づいた直後、高子は、いつものように土曜日の夜に伯母の家から戻ってきて中学受験に気をもむ夏野子の体を、何故区立の中学で満足できないのだろう、何故物質的な豊かさに心を奪われるのだろうと思いながら、机の脚に麻縄で縛り付けている自分の姿を想像する。しかし物語の最後では、彼女は娘を所有しようとは思わなくなっている。夏野子は伯母から言われているカトリック系私立中学の編入試験のことで悩み、母親に相談するが、母親としての答えの出ている高子は、軽く聞き流す。そして、「夏野子にとって自分は母親でしかないのだ。自分が母親である事実をなにものも手を加えて変えることはできないが、その自分には夏野子を我がものとして縛りつけておくことはできない」(二一一)と思う。実際には何も産み出さなかった想像妊娠は、いつまでも成長することのない、自分の許から離れていくことのない「寵児」を身ごもることなどできないことを高子に教え、もはや「私の夏野子」でなくなった娘を一人の他者としてありのままに受け入れる姿勢をとらせたとも考えられるだろう。

娘のほうでも、妊娠をきっかけに母親に対して気持ちの余裕ができて、二人の間には新しい関係ができる。中学受験に失敗した後も、夏野子は伯母の家に居続けるが、母の妊娠を知ったときには、これを受け入れようとし、母を気遣う。高子が仕事を再開すると、娘は二、三日おきに仕事場の楽器店の前で母を待つ。そして、高子は戸惑いながらも浮き立つ気持ちで、娘と映画や食事やバーゲン・セールを楽しむ。二人はいまや友達同士のような関係になる。

『碾臼』と同様にこの作品においても、母娘の絆と対照的に描かれるのが男女の絆である。高子の現在の相手である小さい業界新聞の記者である長田が、ジョージと似たような人物として造型されていることは興味深い。神経が細かく、体が弱い、「少年の感触」を持つ長田に、高子は「人肌の暖かさ、柔らかさ」を求めるが、長田の方では、友人の妻であった子持ちの高子は、「純粋な異性」ではなく、気楽に性欲を満たせる相手にすぎない。二人は「声を聞いた時だけ、互いを思い出す、もともとそれだけのつながり」(一六六)にすぎないのである。

物語の最後で、高子の想像妊娠は家庭を失った寂しさが原因であると思った長田は、彼女の先夫を同席させて、レストランで結婚を申し込む。だが、高子は長田や先夫が予想したようにこのプロポーズを受け入れはしない。それどころか、屈辱感と怒りを感じ、「悪寒で、髪の毛が逆立っているような感触」(二三四)を覚える。そして、「そう、もしかしたら去年、同じ話を聞かされていたら、あなたたちの思い通りに、わたしもうれしくて、ありがたくて、跳びあがっていたかもしれない。でも、今は……違う」(二三六)と叫び、憤然と席を立ち、夜の街に駆け出していく。彼女の言葉には、幻に終わった妊娠体験を通して自分の過去や現在の生活を振り返り、母親であることの意味を問い直し、生の無意味さをも受け入れた者の強さが感じられる。

この作品において津島はドラブルと同様に、女性体験を表現するのに相応しい言葉やスタイルを見出そうとしている。ドラブルの作品では、子供や子育てに関する細かい描写が小説にリアリティーを与えているが、夢や記憶や想像を通して、主人公の内面世界を描き出す津島のこの作品では、妊娠に関する言葉も、彼女の複雑な心の内部を浮き彫りにするのに効果的に用いられている。例えば、中絶するために病院に向かう高子がお腹の中の胎児の動きを感じる場面は、次のように描かれている。

見知らぬ国電の駅の前で下ろされた時、おなかのなかのものが微かに動いた。自分の乗ってきた黄色いタクシーが走り去るのを見送りながら、高子は左手を腹に強く押し当てた。柔らかい。柔らかな肉のなかに、手がどこまでも沈みこんでいく。肉、そして閉ざされた小さな海、と思う。どんな思いで、この闇の海に漂っているのだろう。高子は胎児の声に耳を傾けてみる。なにも聞こえてはこない。ただ、そこにはすでに母親に執着しているものの息づかいを感じるだけだ。(一一五-一一六)

津島はまた、妊娠に関する細かい言葉の使い方にも拘っている。彼女はその一例をドラブルとの対談の中で挙げている。この小説には、「長田との子供」、「土居との子供」という表現が何度か使われているが、作品を英語に翻訳する際に、訳者が原文に忠実に“with”を用いて「との」と訳したところ、出版社の編集者から「……の子供」とすべきだと言われたそうである。訳者から相談を受けた津島は、「との」という表現は意識的に用いたもので、変えるべきではないと主張したそうである(八六)。それは、この表現が主人公の子供は基本的に母親に属するという姿勢を表わすからであろう。

これまで見てきたように、『碾臼』と『寵児』は共に子供を産むという女性の生殖機能を概念化してそこに積極的な意味を与え、主人公の根本的な生きる姿勢と結び付けている。また、産む性を武器にして既存の価値観を問い直している点でも、両作品は類似していると言えるだろう。ドラブルと津島が拘る母性体験に関する言葉は、作品の中に巧みに組み込まれ、それぞれ小説独自のスタイルを創るのに役立っている。意識的に女性特有の体験を女性自身の言葉、「声」で表現しようとする点で、ドラブルも津島もフェミニスト作家であると言えるだろう。また、従来の女性文学の基調の一つであった苦悩や不幸の再確認を超えて、被害者意識のない女性像を創り出すという点においても、二人は新しいタイプの作家である。ロザマンドも高子も悲鳴をあげたり、涙を流したりはするが、彼女たちには自らの意思で生の選択をする者の強さが感じられる。

両作品においては、子供を産むことを女性の自己充足的な行為と捉え、父親である男性、また子供を育てる場としての家庭が排除されているという指摘があるかもしれない。それは、二人の作家がこれまで女性を縛ってきた、また女性の役割と結び付けられてきた結婚とか家庭とかいった制度をひとまず取り払った上で、女性個人の生を描こうとしたからではないだろうか。このことには、ドラブル自身が津島との対談の中で言及している。ドラブルも津島も女性文学の伝統の中に連続性を見いだし、ここ二、三十年の間に女性の置かれている状況が大きく変化したことに触れている。津島は「私の世代は、前の世代が一歩一歩苦労してたどり着いたところから出発することができた、とドラブルさんと同様に私も強く感じます」と述べ、ドラブルは男女関係の過渡期を表わす自分たちの作品は、男性を犠牲にして女性の主張を強調し過ぎているかもしれないと応え、「私にはそうではなくなる未来が見える」（一〇二）と結んでいる。ドラブルの言う未来とは、男女がこれまでのジェンダーの概念に縛られることなく、それぞれの特質を生かし、認めた上で共生する時代ではないだろうか。

第七章

現実と非現実

アンジェラ・カーターの日本体験

現実と非現実が不思議に交錯する「マジック・リアリズム」の手法を用いて、いわゆる社会通念や従来のジェンダーの概念を打破しようとしたフェミニスト作家アンジェラ・カーター（一九四〇―一九九二）は、一九六九年にサマセット・モーム賞の賞金を手に来日し、二年間滞在した。彼女の日本体験は、直接的には随筆集「東洋のロマンス―日本」（"Oriental Romances—Japan" 一九八二）と短編小説集『花火』（*Fireworks* 一九七四）の中で、また間接的にはその大半が日本滞在中に書かれたというSF風大作『ホフマン博士の地獄の欲望装置』（*The Infernal Desire Machines of Doctor Hoffman* 一九七二）の中で描かれている。カーター自身は日本を訪れた動機を「現在も過去にも一度もユダヤ・キリスト教文化になったことのない文化の中でしばらく暮らし、それがどのようなものであるか見てみたかった」ためであるとし、また日本滞在の影響については、「日本で私は女であることがどういうことであるかわかり、急進的になった」と語っているが、彼女は日本文化をどのように見、日本体験は彼女の作品にどのような影響を与えているだろうか。

日本を題材にした四つの作品を含む九作品を収めた短編小説集には、『花火』という題名が付けられている。花火の場面は第一話「日本の思い出」（"A Souvenir of Japan"）の中でしか描かれていないが、幻想的で形が定まらず「見かけ」がすべてを表わす花火は、カーターにとっての日本のイメージを象徴しているように思われる。

花火が表わす第一の概念は、カーターの異文化体験の根底にある非日常性、非現実感であろう。日本の印象と日本人男性との恋をエッセイ風に綴った「日本の思い出」は、夏の代表的な風物詩である花火で始まる。主人公の「私」が、同棲している若い日本人男性の帰りを待って外に出てみると、子供たちが角の空き地で花火をして遊んでいる。その情景は、「私」に「彼」と一緒に川面に打ち上げられる花火を見に行った夜のことを思い出させる。新宿から電車で一時間の川岸は、大勢の家族連れなどでにぎわっている。カーターは昔懐かしい夏祭りの情景を描写していく。白とピンクの浴衣を着て、「綿あめ」のようなふわふわの帯をしめ、金、銀のひもで髪を二つに束ねた女の子。トウモロコシやイカを焼く夜店の若者たち。金魚や兎の耳の大きな風船を売る屋台。頭上には花火が「色とりどりのパラソル」のように、「溶けていくイアリング」のように夜空に広がる。「あらゆるものがゆったりと祭りに相応しく」、パトロールの警官までが、懐中電灯のかわりに色提灯をさげている。大勢の人々が花火に向かって歩いているのだが、皆とても静かな声で話をしているので、その話し声は「分かち合った幸せの快い響きに」に聞こえ、「夜は無言の、小市民的だが、本物の魔法」[2]で包まれる。

主人公の「私」は花火の夜に漂う夏祭りの雰囲気に「本物の魔法」を感じ取るが、日本で暮らす「私」が非現実感を味わうのは、特別な祭りの日だけではない。日々の暮らしの中でも、「私」は夢の中にいるように感じる。「日本の思い出」と同じように「私」を主人公とする第六話「肉体と鏡」("Flesh and the Mirror")では、異文化の中で暮らす「私」が感じる非現実感が次のように語られている。

都市、世界で一番大きな都市、私のヨーロッパ的期待には合わないように造られている都市、この街の暮らしは、外国人にとって、夢の謎の透明さ、読み解くことができない透明さを持つように思われる。そして、それは自分ではみることのできないような夢である。よそから来た者、外国人は、自分を掌握していると思っている。だが実際は、誰かほかの人の夢の中に投げ込まれているのだ。(六二)

こうした街で暮らす「私」は、「そこで暮らしていても、街はいつも自分から遙か遠くにあるように思われ」、「外界と自分の間にはまるでガラスがあるように」（六三）感じられる。歩いていても、食事をしていても、恋をしていても、それをしているのはガラスの向こう側にいる操り人形で、自分はその操り糸を引いているように思われるのだ。

「私」が奇妙な非現実感を味わうのは、一つには、異国を旅する者が誰でも感じる周囲との違和感と非日常性によるものであろう。「日本の思い出」の中では、「ピンクの頬、青い目、けばけばしい黄色の髪」の「私」は、「頭は皆黒で、目は茶色、膚は単色の」日本人社会のオーケストラの中で、自分は「異なる音階を奏でる楽器」（七）のように思われる、と語っている。また、「肉体と鏡」の中では、久しぶりに戻った日本で迎えにきてくれるはずの恋人と会えなかった「私」は、「彼」を探して夜の繁華街を彷徨い歩く。その時「私」には、自分が大海の中を歩いていて、周囲の人々は「たくさんの目のある波」のように、「乾いた陸地の住人」の正反対の「鏡の像」のように、不確かに感じられる。こうした状態を、カーターは「日常生活の中にあいている穴」、「存在の間隙」（六七）に自分は落ち込んだのだと表現し、異国では思わぬ出来事が起こりやすく、このような不安定さのために「私」は旅をするのだ、と書いている。

日本で「私」が奇妙な非現実感を味わうもう一つの原因は、固定しない、絶えず形を変えていくものに取り巻かれているためではないだろうか。「私」を語り手とする「日本の思い出」、「肉体と鏡」、それに第四話「冬の微笑」("The Smile of Winter")の中では、「定まらないイメージ」(moving image)という言葉が数回使われている。夏の夜空に打ち上げられ、一瞬のうちに消えてしまう花火は、その代表的なものであろうが、その他にも、「非常に速く萎んでしまうために日本人が大切にする」(五)朝顔の花が、「日本の思い出」の中には何度か登場する。「私」は東京のいたる所で、老人と子供の多い彼女の住む地区にも、「彼」と一緒にラブ・ホテルを探して歩き回る薄暗い路地にも、朝顔の花を見つける。

実際、一九七〇年代の高度経済成長期の東京の街自体が、絶えず形を変えていくのである。「私」にとって、東京の街は「見かけが絶えず変わる廊下が、絶え間なく増殖されていく冷たい鏡の間」(九)のように思われる。この街では、堅固であると思っていた建物でさえ一夜のうちに消えてしまう。「私」はある朝起きてみると、隣の家が取り壊されて、跡にはごみ収集に出すための棒切れの山と、きちんと束ねられた新聞紙の山しか残っていなかったという体験もする。

こうした形の定まらないもののイメージを、カーターは男女関係の不確かさ、他人を理解することの難しさを表わすためにも用いている。「日本の思い出」の主人公にとって、同棲する「彼」は、日本の昔話の中に出てくる、人間に化けて人を騙し消えてしまう狐のように時々思われる。「彼」は自分に魔法をかけているように感じられ、二人の仲がうまくいっている「最良の時でさえ、高い頬骨のために彼の顔は〔狐の〕面のように」（六）見える。

男女関係の不確かさを表わす狐のイメージは、その大半が日本滞在中に書かれたという『ホフマン博士の地獄の欲望装置』の中でも使われている。夢の中に何度も現われて自分を夢中にさせたホフマン博士の美しい娘アルバティーナに初めて直接に出会ったとき、主人公のデシデリオは彼女を抱きしめて、キスをするが、その瞬間、アルバティーナは「雪女」のように溶けて、「単なる自分の憧れから生まれた幻」のように消えてしまう。その時デシデリオは、美しい女性に化けて手品師のように男を騙し、ひとたび腕の中に誘い込んでしまうと本性を表わして笑いながら消えてしまう日本の狐のことを思い出し、「アルバティーナの顔が人を裏切る、珍しく貴重な黒狐の顔」[3]のように思われる。

このような相手の実体を把握できない不確かな恋は、終わりを迎えざるを得ない。『ホフマン博士の地獄の欲望装置』の最後では、デシデリオはアルバティーナが自分自身の隠れた半身であることをはっきりと認識し、彼女を殺す。また、「日本の思い出」は次のように結ばれている。

……というのは、私たちは花火や朝顔や老人や子供など、移ろいやすい、定まらないイメージに囲まれていたからである。しかし、こうしたイメージの中で最も定まらないものは、見かけに捧げられた街で、私たちが互いの目の中に見る実体のない自分自身の映像、見かけ以外の何ものでもないものの映像であった。そして、他人である互いの実体を摑もうとどんなに努力しても、失敗したであろう。（一一）

カーターは東京を「見かけに捧げられた街」とか「謎の万華鏡」と呼んでいるが、日本においては、確固とした実体がなく、「見かけ」が重要な意味を持つことに注目している。事物の表わす象徴的な意味に興味を持つ彼女は、特に言葉の不自由な日本では、目で見ることによってあらゆることを理解しようとした。その結果、「この国では、考える必要はなく、ただ見さえすればよい。そうすれば、あらゆることを理解できると思う」（四一）、という結論に達したようである。

「見かけ」と「実体」の区別がつきにくく、「見かけ」のほうが本質を表わすことが多いのは、「抑圧文化」である日本文化に起因する、とカーターは考えている。日本では、「実体」（本音）が抑圧され、「見かけ」（建前）に洗練された形が与えられるために、「しばしば真髄は見かけである」ということになる。カーターはこれを「この国は偽善を最高の様式まで高めた」（一〇）という言葉で表現している。「侍」は実際には「殺人者」であり、「芸者」は「売春婦」

であることは、見てもわからない。それは、「最高の様式まで高められた偽善」が「実体」を覆い隠してしまうからである。

「日本の思い出」の中で主人公の住む地区は、本当は「貧民街」だが、「見かけ」は「閑静で調和のとれた」住宅街である。そして、「語るも不思議なことには」、「見かけ」が「実体」になってしまう。それは、「人々がとても行儀よく振る舞い、あらゆるものを清潔に保ち、厳しいほど礼儀正しく暮らしているためである」(一〇)、と「私」は考える。「東洋のロマンス——日本」の中の「東京牧歌」("Tokyo Pastoral")というエッセイでは、「実体」は「売春宿」であるラブ・ホテルまでが、「上品で、清潔で、気持ちのよい」「見かけ」(三一)を保っていることに、カーターは驚嘆している。

「見かけ」がしばしば「実体」になってしまう日本においては、人々はものの「見かけ」を映す鏡に対して恐れにも似た「深い敬意の念」を抱いていることに、カーターは注目する。「日本の思い出」の中で、「私」は古い日本旅館で鏡に布の覆いがかけてあることに興味を持ち、日本人の「彼」に訳を尋ねると、「鏡は部屋を居心地悪くする」(九)ためであるという答えが返ってくる。

さらに「肉体と鏡」の主人公は、鏡に映る「見かけ」が、自分が意識する以上の自分の「実体」を示すという、貴重な、だが居心地の悪い体験をする。三ヶ月ぶりにイギリスから日本に戻ってきた「私」は、迎えにくるはずの「彼」に会えず、夜の街で出会った行きずりの男とラブ・ホテルに入る。ホテルの天井は一面鏡になっていて、二人の抱き合う姿を映し出す。自分が自分ではなく「幻」になったような気持ちで、見知らぬ男と抱き合ったのに、天井の鏡に映る像は、そんな自己認識よりも遙かに現実感のあるもので、「魔法の鏡」はそれまで考えてもみなかったような自分自身の見方を教えてくれる。鏡は「私」の「見かけ」を映すが、それまでは自分と鏡は共謀関係にあって、見たくない行動は映さないようにしてきた。しかし、この鏡は「私」と共謀することを拒否し、「その下の抱擁をなんの策略もなくありのままに映し出した」(六五)のである。「私」はその光景に居心地が悪くなり、鏡を避けるためにベッドから降りる。

翌朝早く「私」は恋人に会うが、すぐ喧嘩をしてしまう。そして、「私」は「彼」の「実体」を知らないこと、自分の頭の中で作った像を「彼」の上に見て、恋をしていると思っていたこと、行きずりの男との交わりに喜びを感じ、その時は罪の意識さえ覚えなかったことを認める。また、「こうしたことすべてが〔ホテルの〕鏡を見ていた時にすでに起こっていた」(六八)ということを悟る。

鏡はカーターの好きなイメージで、さまざまな象徴的な意味合いを持って彼女の作品の中に繰り返し使われている。自己認識の媒体としての鏡は、『ホフマン博士の地獄の欲望装置』や、短編集『血染めの部屋』(*The Bloody Chamber and Other Stories* 一九七九)の中に収められている「狼アリス」("Wolf-Alice")などにも登場するが、その根底には、「見かけ」が本質を表わすことが多い日本での彼女の体験があるのかもしれない。

ユダヤ・キリスト教文化に基盤を置く、善か悪か、白か黒かの固定した二分法が支配する西欧社会で育ったカーターにとって、「見かけ」と「実体」の区別がつきにくい、移ろいやすい、形の定まらないイメージにあふれた日本文化は、新鮮な驚きをもたらし、同時に非現実感を彼女に与えたのであろう。

短編集『花火』には、日本を題材にした四作品のほかに、一見日本とは関係のない、テーマも舞台も異なる五作品が収められている。架空の高原地方を舞台にして、兄妹、親子の近親相姦を扱った「死刑執行人の美しい娘」("The Executioner's Beautiful Daughter")。エデンの園のような森の奥に探検にでかけた双子の兄妹が男と女に目覚めていく「森の奥まで達して」("Penetrating to the Heart of the Forest")。アマゾンの奥地を舞台にして、「フライデー」と名づけた現地の若い女性に残虐の限りを尽くした英国人が最後にはその少女に殺されてしまう「主人」("Master")。森の中で普通とは反対の渦巻きの貝を拾った男が、銃を持った少女に拉致され、鏡の中の世界で彼女にレイプされるという男女の立場が逆転する物語「映像」("Reflections")。そして、内戦勃発直前のロンドンで、主義のために殺人やリンチを繰り返すテロリスト集団の物語「フリーランスに捧げる挽歌」（"Elegy for a Freelance"）。これらの作品に共通するものは、『花火』という題名が示唆するように、謎めいた非現実的な世界である。したがって、こうした作品もカーターの日本体験によって生み出されたと言えるのではないだろうか。

さて、日本滞在によって「女であることがどういうことであるかわかり、急進的になった」という言葉を残しているフェミニスト、カーターは、日本の女性をどのように見ていただろうか。「日本は男性の国である」と言い切っているように、日本に関するエッセイ集「東洋のロマンス——日本」では、彼女は日本女性の地位の低さ、惨めさを強調している。しかし、それは「抑圧文化」の一部であり、そのはけ口でもある男性文化を通して見た女性像である。

正当文化より卑俗だと言われる大衆文化に興味を持つカーターに、「アダルト・コミック」は日本の男女関係を知る格好の、しかし歪曲された材料を提供したようである。頭のおかしいセックス狂かシュールリアリスト向けかと思われるほど過激なセックスと暴力が支配する漫画が、駅の売店などで売られ、「優しく、控えめで、親切で、罵りの言葉一つ吐かずに日常生活をおくる」、「きちんと背広を着た平均的男性」によって読まれていることに、カーターは驚きを示している。そして、こうした漫画の中では、女性は皆、悪女でなければ、「絞り機にかけられ」、「苦しむために作られた」、「被虐的な対象」であり、「奴隷」（四二）である、とカーターは分析している。

銀座のバーのホステス体験を通して見た男女関係についても、同じことが言える。男たちは多額の金を払ってホステスに話を聞いてもらい、幼児のように振る舞い、くつろいで、日頃の抑圧からの解放感を味わう。このような客の相手をする「夜の蝶」は、決して口答えせず、よく笑う「コンピューター化された遊び友達」であり、「大人の玩具」である。こうした男性文化の中では、「真の女らしさは表現されず、一般に女性は奴隷か玩具になるしか選択肢がない」(四五)、とカーターは「哀れな蝶」("Poor Butterfly")の中で述べている。

しかし、カーターが小説の中で描いているのは、このような「抑圧文化」の中で男性の願望によって生み出された女性像ではなく、現実に根をおろし、逞しく生きる女たちである。日本女性が登場するのは、『花火』の第四話「冬の微笑」である。この作品では「日本の思い出」と同じように、語り手の「私」によって日本の印象が綴られている。男たちが海に漁に出て不在の村の海岸で、魚を干して煮干を作る「筋骨逞しい、威圧感を与える」ような女たちは、「私」の孤独感に呼応しまたそれを助長するような冬のもの寂しい漁村の風物の一つとして描かれている。外国人の「私」を敵意の混じったあからさまな好奇の目で見る「十八世紀のプロボクサーのような頑丈な手」をした女たちは、「私か彼女たちのどちらかが女らしさに欠けていて、ほとんどが背中に赤ん坊を負ぶっているので、私のほうがそうにちがいない」(四四)、と「私」に感じさせる。

ここでは、ゴム長靴や地下足袋を履き、もんぺと綿入れの上着の上から真っ白い割烹着をかけた、働く女たちの服装が細かく描写されている。

みんな足首のくくれた黒っぽいくすんだ色のズボンを身に付け、足には短いゴム長靴か地下足袋を履いている。彼女たちは何枚ものセーターとゆったりした綿入れの上着を重ね着しているために、ずんぐりと上部が重そうで、まるで押しても倒れずに、ただ危なげに前後に揺れるだけのように思われる。上着の上には粗いレースで縁取りした短い真っ白なエプロンをかけ、頭には白い三角頭巾をかむり、時には修道女のベールのようなものを耳から喉に巻いている。（四四）

この逞しい日本女性は、『ホフマン博士の地獄の欲望装置』の中で「川の民」の女家長として再登場する。ホフマン博士暗殺の密命を帯びた主人公デシデリオを旅の途中で助けるナオクライの母「ママ」の服装は、日本の漁村で「私」が目にした女たちの身なりにぴったりと一致する。

ママはゆるく頭にかむり首筋で結んだ色物のスカーフで、黒い巻き毛を覆い隠していた。彼女はいつも足首を緑か赤の紐でくくった、ゆったりとしたズボンを身につけ、足には紐付きのサンダルを履けるようにつま先の割れた黒い木綿のソックスを穿き、市松模様か花柄のブラウスを着ていた。そして、ブラウスを汚さないように、上半身をほとんど完全に覆ってしまうような、袖つきで、首の後ろと腰のところで結んだ、短い、清潔で真っ白なのりのきいたエプロンをかけていた。……ママの服装は女たちの間では一般的であった。その服装のために、女たちは上部が重そうで、まるで押しても倒れずに、前後に揺れるだけのように思われた。……冬には、男も女も綿入れの木綿の上着を着た。(七二-七三)

母系制度をとる「川の民」であるナオクライの家族は、母性愛に溢れた働き者で、いつも微かに魚の臭いのする「ママ」を中心に、平和で充足した生活をおくっている。魚を常食する「川の民」は、相手に対して謙った態度を取ることが好きであるとか、暗黙の了解をするなど、いくつかの点で日本人を思わせるが、その社会の一員となったデシデリオは、生まれて初めて安らぎと幸福感を感じ、「孤独も倦怠も愛の欠如も恐れる必要はない。人生は住んでいるこの川のように流れていくだろう」(八〇)と思う。

カーターが「男の国」日本で、子供を負ぶって働く漁村の女たちに新鮮な「女らしさ」を見出し、SF風の小説の中で母系社会の家長「ママ」に投影したことは興味深い。彼女が日本の象徴でもある太陽神天照大神が女性であることや、日本の古代の母系制度について知っていたかどうか定かではないが、日本が「抑圧文化」になる以前の古代の女神を連想させるような、土着的で生命力に溢れた女たちは、その作品を通して西欧文化の中の「女らしさの神話」を突き崩そうとしたフェミニスト作家の目に新鮮に映ったのだろう。

「抑圧文化」の中で男性の願望によって生み出された「夜の蝶」も、漁村の逞しい「おかみさん」も、日本の女性なのである。彼女たちは共に、カーターが日本文化に対して感じる「定まらないイメージ」を造形化していると言えるかもしれない。

カーターが日本で観察したり、感じたりしたこと――非現実感、「抑圧文化」とそこから生み出された女性像、そしてフェミニズムの視点――を備えているように思われるのは、文楽を題材にした『花火』の第三話「紫の上の情事」("The Loves Of Lady Purple") である。カーターは日本文化を「抑圧文化」として捉えているが、その激しい一面にも注目している。日本では、日頃抑えていたものが一気に爆発することがあり、「抑圧の間隙に奇妙な美しさが花咲く」ことに目を留め、その一例として「世界で一番激しい演劇」である文楽を挙げている。[4] 人間と等身大の人形が人形遣いの手により、まるで生きているかのように、踊ったり、笑ったり、泣いたり、恋をしたりして、最後には西洋流の「ハッピー・エンド」ではなく、情死で終わる幻想的な文楽の世界は、花火と共にカーターの心をとらえたようである。「紫の上の情事」の主人公の名前は、文楽の「情死の血の色である紫」(二六)から取られている。

「アジア人教授」という名の人形遣いは、耳の聞こえない甥の助手と口のきけない三味線引きの少女を連れ、「紫の上の情事」という劇を上演して、世界各地をまわっている。彼は貧しい旅芸人にすぎないが、大切にしている人形「紫の上」の糸に触れると、ただの木にすぎない人形は、「魔法の活力」に溢れ、美しい「エロチシズムの化身」となる。

「紫の上」は「アダルト・コミック」の中の「苦しむ清純な女」の対極にいる性的残虐さに身を焼く悪女である。彼女は自分の美しさを武器に悪行の限りをつくす。劇中、捨て子である彼女は、まず十二歳で養父を誘惑し、彼とその妻を殺害して金品を奪い、家に火を放って街に出て、そこで一番大きな遊女屋の遊女となる。「サドの女王」として名をはせた「紫の上」は、やがて遊女屋の経営者となり、男たちを「金も夢も希望」も搾り取った上で捨てる。間もなく彼女は、言い寄る男たちを殺害して、その骨で笛を作り、次の恋人に吹かせるといった行為まで取り始める。

しかし、「花火のように華々しい紫の上の生涯」は、「実際まるで花火のように、灰と寂しさと沈黙」(三二)で終わる。醜く老いた彼女は、海岸に打ち上げられた水死体から遊女のかつら用の髪の毛を取ることで、やっと生計を立てる身となる。死体を漁る彼女の動作は機械的になり、人間性を失って、まさに操り人形になってしまう。

このような役を何度となく演じてきた人形は、ある夜、年老いた人形遣いがその美しさに思わずキスをしたことにより、彼の肺から息を、喉から血を全部吸い取って、人間となる。

彼女が自分を繋ぎ止めている糸をもどかしそうに強く引くと、糸は彼女の頭や腕や脚から束になって取れた。指先から糸を外し、長い白い手を広げ、何度も曲げたり伸ばしたりした。……彼女は新しい血がそこにもっとのびのびと流れるように、優美な足を踏みしめた。(三七)

彼女は長い間の操り人形としての呪縛を断ち切り、新たに人間として自分自身の生を生きられるかに見える。しかし、同じ行為を何度となく繰り返し演じてきた彼女は、本当の自律性を持った存在にはなれない。人形の「紫の上」は人間を「風刺的に模倣してきた」が、人間となった今は、「操り人形として自分が演じてきたこと」を「模倣」(三八)するしかない。彼女は人形遣いの死体の横たわる芝居小屋に火を放ち、その町で唯一の売春宿に行き、売春婦となるのである。

ホラー・ファンタジーのこの皮肉な結末は、私たちが繰り返し行なっている習慣や社会通念に無意識のうちにいかに縛られているかを示し、こうしたものから解き放たれなければ、真の女性の自立はありえないというカーターのメッセージを伝えていると言えるだろう。

カーターの初期の作品は一九六〇年代の都会を舞台にしており、そこにはイギリスの伝統的なリアリズム小説の要素が見られる。それに対して、日本滞在以降の作品は極めて幻想的な傾向が強くなっている。また、彼女は作品を通して、実体に見えるものの不確実性を突き、西欧社会の既存の道徳や社会通念からの解放を解いているが、「見かけ」と「実体」の区別がつきにくい、「定まらないイメージ」の溢れた日本文化の中で、絶対的とか普遍的と言われるものも、見方しだいで変わってくるという意識を強めたのではないだろうか。日本滞在以後、彼女がフェミニストとしての立場を一層明確にしていることは言うまでもない。こうした点から見て、二年間の日本における異文化体験は、カーターにとって一つの大きな転機をもたらしたと言えよう。

第八章

人間存在の不思議　河野多恵子と『嵐が丘』

河野多恵子（一九二六―）は女性の心の深奥を描くために、超自然的、神秘的要素をしばしば用いている。作品中に巧みに組み込まれた亡霊や他の超自然現象は、現実と想像、客観と主観の微妙で危うい関係や、平穏に見える日常生活の中に潜む不気味さを浮き彫りにする。彼女の作りだす不思議な世界は、多大な影響を受けたという泉鏡花と共にエミリ・ブロンテ（一八一八―一八四八）を思い出させる。実際、谷崎潤一郎、泉鏡花、エミリ・ブロンテの三人以上に「鮮烈な印象を与えた作家はちょっと思い浮かばない」[1]と彼女自身が述べている。

河野がエミリ・ブロンテの作品を知ったのは、大阪府女子専門学校の英詩の授業であったという。戦時中爆弾の降下音が響く中で、日々生命の危険にさらされるという切迫した状況に置かれていたときに出会った、エミリの力強く「不滅の生」をうたった詩「私の魂は臆病ではない」（"No coward soul is mine"）は、彼女に強い感銘を与えた。死に直面して感覚が研ぎ澄まされ、超自然的なものと感応して霊魂の存在を感じた河野は、この詩と「特殊な交わり」をもったというが、彼女はその時の気持ちを『嵐が丘』の超自然性」の中で次のように述べている。

死にたくない、と全身が力む。爆死させられる一瞬に、その力みきった死にたくなさは、肉体から咄嗟に飛びだしそうであったばかりか、確かに何かが飛びだしかけたのを感じたこともある。今もって、恐怖のあまりの妄想だったとは思えない。その何かこそ霊魂というものにちがいなく、私は超自然なるものを信じずにはいられない。……そういう経験を繰り返し、死の公算が大きくなってくるにつれ、二、三篇ずつ教わった彼女たち三姉妹の詩のなかにあった、エミリの詩のひとつをしきりに思いだすようになったのだった。彼女の最後の詩"No coward soul is mine"（私の魂は臆病ではない）である。私はもし死なずに平和に会うことができたら、彼女の人と作品を存分に知りたいと思った。……その詩の一種の神秘思想と激しい精神、そこに射し込んでいる眩しいほどの輝かしい安らぎは、当時の私をどれほど励まし、慰め、救ってくれたかしれない。[2]

さらに、エミリの『嵐が丘』（*Wuthering Heights* 一八四七）は河野多恵子がものを書き始めるうえで、決定的な影響を与えた。終戦後、焼け残った古本屋でエミリの人と作品を熱心に求めたが、『嵐が丘』の訳本は手に入らず、彼女がその「全貌に接したのは」、一九四九年、三宅幾三郎訳の新刊書によってであった。『嵐が丘』は彼女をエミリ・ブロンテの「精神的種族」にし、この作品を読んだことが、小説を書きはじめる「二段階目の動機」（三四〇）になったという。また、一九七一年に書かれたエッセイ「半年だけの恩師」では、『嵐が丘』は彼女の文学に「実に多くの影響を与えているようだし、今なお与え続けている」[3]と語っている。いったいこの作品は彼女にどのような影響を与えているか、彼女が『嵐が丘』を翻案・脚色した一九七〇年までの作品、特に彼女の処女作ともいうべき「女形遣い」を中心に考えてみたい。

『嵐が丘』は読み手の心に応じて、さまざまな解釈を可能にする不思議な小説であるが、河野多恵子はこの作品をどのように読んでいるだろうか。彼女自身はこの小説の特色のひとつとして、まず「超自然性」を挙げている。「不滅の生」をうたったエミリの詩と「特殊な交わり」をもったためか、小説を読んでいる時は勿論その後もずっと、霊魂の不滅を表わすキャサリンやヒースクリフの亡霊の出現といった超自然現象に魅力を感じてきたという。だが、『嵐が丘』を何度も読み返すうちに、本当の「超自然性」は、怪奇現象ではなく、ヒースクリフとキャサリンの存在そのものである、と思うようになったという。

私に対する、ヒースクリフとキャサリンの存在の訴えかけは、彼等は絶対的に結ばれ得ない、超自然的な宿命をもった人間同士ということである。彼等は、同じ時代に同じ場所で、男として、女として、所謂めぐり合ったのではない。彼等の結ばれ難さと執着ぶり自体が、私にはこの小説の本当の超自然性を感じさせる。……彼等は時によって距てられているばかりか、実は男でもなく、女でもないような気がする。勿論、中性同士なのではない。無性別、つまり性を越えた人間そのもの同士なのである。彼等の繋がり、彼等の同一性は、そういう宇宙にまたとない一組の人間同士という点にある。(三四二)

　また、作品中最も好きなものとして、エドガーとの結婚を決めたキャサリンが、召使のネリーにヒースクリフに対する愛を告白する場面の「おまえにしろ誰にしろ、自分以上の『自分の命』がある、またあらねばならぬ、という考えはみんな持っているでしょう。もしあたしというものが、ここにあるだけのものが全部だったなら、神があたしをお造りになった甲斐がどこにあるの?」という言葉を挙げ、この言葉は「人間の存在の底知れなさを訴えているように思われる」(三四三)、と彼女は述べている。「自分以上の『自分の生命』」は原文では、"an existence of yours beyond you"[4](「自分を越えた、自分の外にある自分の存在」)となっている。それはキャサリンにとってはヒースクリフの存在であり、この後に「ヒースクリフは私なのよ」という有名な言葉が続く。つまり、河野多恵子は『嵐が丘』を単なる恋愛小説ではなく、人間存在の不思議さを描いたものと解釈し、超自然現象は「人間の存在の底知れなさ」に付随して生じるものだと考えている、と言ってよいだろう。

一九七〇年に河野の手によって戯曲化された『嵐が丘』はこうした彼女の作品解釈を反映しているが、ここには、もう一つ彼女のこの小説の興味深い読み方が表われている。この戯曲においては、子供の頃自分を虐待したキャサリンの兄ヒンドリー・アーンショウと、キャサリンと結婚したエドガー・リントンに対するヒースクリフの憎しみと執念は、髪の毛によって表わされている。原作には髪の毛に関する場面は三つある。髪の毛はまず三章で、吹雪のために「嵐が丘」に泊まった物語の第一の語り手であるロックウッドが見つけたキャサリンの古い日記の中に現われる。そこでは、ヒンドリーが指を鳴らしたと言ってヒースクリフを罵り、彼の指示で妻のフランシスがヒースクリフの髪を思いっきり引っ張る。二つめは七章のリントン家の子供たちがアーンショウ家に遊びに来る場面である。ネリーの手でこざっぱりした姿になって居間に入ってきたヒースクリフを見て、ヒンドリーが「出ていけ、宿なしめ。お前は良い男になる気か？　その上品な髪の毛をつかんでやるから待っていろ――その毛をもう少し長く引っ張ってやる」と怒鳴る。「今でも長すぎる」（五八）とこれに同調してからかうエドガーに、腹を立てたヒースクリフは、手近にあったアップル・ソースの入った深皿を投げつける。もう一つ髪の毛が登場するのは、二巻二章の最後のキャサリンの葬儀の場面である。キャサリンの首にかけたロケットから、ヒースクリフは中に入っているエドガーの「銀糸で結んだ明るい巻き毛」を床に捨て、かわりに自分の「黒い巻き毛」（二六八）を入れる。

『戯曲嵐が丘』においては、こうした場面を基にしてはいるが、髪の毛と怨念が原作とは異なる形で結び付けられている。第一幕四場でリントンの子供たちを招いたパーティーでヒンドリーがヒースクリフの髪の毛をひっぱってやると罵るのは原作と同じだが、これに同調するのは原作にはないヘンリーというヒンドリーの友人である。キャサリンやヒンドリーの前から姿を消したヒースクリフは、三年後にどこかで財をなし「紳士」となって戻って来て、妻を亡くした後酒と博打に溺れるヒンドリーを徹底的に破滅させようとする。第二幕九場で彼はヘンリーを相手にこの話をむしかえし、酔いつぶれて眠っているヒンドリーの髪の毛を引っ張る。ヒースクリフのこの行為は、子供の頃髪の毛を引っ張って虐めたヒンドリーに対する恨みと復讐心を表わしていると言えるだろう。また、第二幕十三場では、ヒースクリフのエドガー・リントンに対する憎しみの激しさも髪の毛によって表わされている。彼はキャサリンとエドガーの娘キャシーから父の形見のロケットを奪い取り、中に入っているキャサリンの髪の毛はしまい、「おれはこの十八年間、身を切り刻まれるような思いをしてきたのだ。エドガー、おまえも同じように切り刻んでやる！」[5]と言ってエドガーの髪を包丁で切り刻み、キャシーにそれを食べさせようとする。髪の毛と怨念が結び付られることにより、この二つの場面は、日本的な手法で人間の情念の不気味さを際立たせている。

河野多恵子が『嵐が丘』の中に感じ取った「絶対に結ばれ得ない宿命をもった人間同士」の「執着ぶり」、「人間の存在の底知れなさ」とそれに付随する超自然現象、そして人間の激しい執念の不気味さなどは、彼女自身の作品ではどのような形で見られるであろうか。

『嵐が丘』の影響が生の形で見いだされるのは、一九六〇年に『文学者』に発表された「女形遣い」である。この作品は彼女の言わば処女作ともいうべきものであろう。彼女はそれ以前に同じ雑誌に三つの短編を発表しているが、彼女自身の手による年譜によると、それらは「習作」とされている。[6]人形浄瑠璃の世界を描いたこの作品は、大阪という風土に根ざし、一見非常に日本的に見える。しかし、この作品はさまざまな点で河野の『嵐が丘』の読みを反映し、また、後の彼女の作品に見られる特徴も示している。

「女形遣い」の粗筋は次のようなものである。堀江座の女形遣い吉田幸六は、役に恵まれず、主遣いする兄弟子の吉田玉枝《たまし》に嫉妬し、人形遣いの命とも言うべき玉枝の左手の指を妻の品《しな》に切らせる。その後、主遣いとなった幸六は役を得て、彼の人気は高まる。一方、指を切られ、一人前の人形遣いとして役に立たなくなった玉枝は、堀江座が近松二百年祭を機に近松座と名を改めた際に、幸六の差し金もあって、解雇されてしまう。せめて主遣いを補佐する左遣いに生きようとした最後の望みを断たれて、玉枝は楽屋で首をつって自殺してしまう。その事件の後も玉枝の人気は衰えず、近松座もライバルの文楽座を凌ぐ勢いがあったが、やがて、人気のなくなった楽屋の幸六の女形人形の後ろに、黒衣の人形遣いが添うように黒い影が立つという噂が立ち始める。その後競争相手の文楽座では興行が大当たりし、近松座は傾き始め、やがて閉鎖されてしまう。主だった人形遣いは文楽座に移り、幸六も文楽座に入ることを望むが、果たされず、黒衣姿で女形人形を抱いて入水してしまう。

このように物語の筋を追っていくと、まず目につくのは、『嵐が丘』のキャサリンやヒースクリフの亡霊に見られるような怪奇現象であろう。人形遣いの命である左手の指二本を切り落とされて二度と主遣いにはなれず、仕事まで奪われて「生きながら埋められたような」思いをして自ら命を断った玉枝の「霊魂の力の作用」で、人びとは幸六の女形人形の後ろに立つ影を見たとも考えられる。そしてこの作品は、玉枝の怨念が近松座を没落させ、幸六を死に至らしめた復讐怪談物語と読むこともできるであろう。

河野多恵子は「わかれ」(一九六三)の中で、「亡霊や夢見というようなもの」は「霊魂の力」[7]によると主人公に言わせている。「女形遣い」の中では、幸六から楽屋の人形の後ろに黒い影が立つという作り話を聞いた後に、妻の品の夢枕に頭巾を被った黒衣の人形遣いが立つ。品が幸六は何も知らない、と訴えると、その姿はさっと消えてしまう。そしてその後、本当にこの噂が楽屋に広まる。

『嵐が丘』において何度か用いられている夢は、人間の心の奥深い部分、意識下の世界をさらけ出す。キャサリンはエドガー・リントンと結婚する前に、天国に行った夢についてネリーに語る。天国に安住できず、怒った天使たちにヒースの茂みに突き落とされて嬉し泣きしたという夢は、エドガーとはまったく異質であるキャサリンの本質を明らかにし、彼女の未来を予告する。また、ヒースクリフの夢に見た、眠っているキャサリンに身を寄せ、覚めることのない眠りに入っている自分自身の姿も、彼の願望と未来を告げている。第一の語り手の都会から来た青年ロックウッドは、雪に降りこめられて泊まった嵐が丘荘でキャサリンの古い手記を見つける。見知らぬ女性に興味をもった青年は、手記を読みながら寝入ってしまうが、夢うつつに、窓辺にキャサリンの亡霊を見る。

河野多恵子の作品においても、夢は人間の深層心理を描くために数多く使われているが、「女形遣い」の中の品の夢は、ロックウッドの夢に似ており、また夢に見たことが実際に起こるという点で『嵐が丘』の他の夢も思い出させる。彼女は幸六から話を聞いて、玉枝の左手の指を切り落としたことを後悔し、夫の身に何か起こるのではないかと案じていた矢先に黒衣の人形遣いの夢を見る。そして、夫の左手の指を二本失ったという嘘の夢の話を信じ、彼の求めに応じて自分の指を切り落とし、玉枝の墓前に供えるが、その後本当に玉枝の亡霊が楽屋に現われるという噂が広まるのである。

このように、「女形遣い」は人間の深層心理と結びついた復讐怪奇小説とも読めるが、この物語の中心となるのは、玉枝の復讐ではなく、人形遣い吉田幸六の女形人形にかける執念と夫との一体感を求める妻品の激しい思いである。

一つの執念にとりつかれた荒々しい悪魔的な人物として描かれている幸六は、キャサリンを失った後手段を選ばず復讐に全エネルギーを注ぐヒースクリフを思い出させる。彼は下の者には、煙管の詰め替えが気に入らないといって煙管で手を打ったり、火のついた吸殻を背筋にはたき込むなど乱暴な態度を取り、贔屓の客の言葉も気に入らないと取り合わない横柄な男で、全盛時代から「終わりを完うできそうな人柄ではなかった」[8]と言われていた。「女形人形の至上の美しさ」を極めるという執念に憑かれた幸六は、年はそれほど違わないのに美しい女形人形の主遣いをする玉枝に、激しい屈辱感と憎悪を感じる。彼にとって黒衣に閉じ込められて左遣いに終わることは、「生きながら埋められたような」生涯であるが、人形遣いをやめることもまた、「生きながら埋められますも同じ、暗い、冷たい生涯」(一五六)である。役不足の根深い不満と妬みから、彼は妻の品を玉枝の指を切るように仕向ける。

玉枝の役を得て一途に進む幸六は、左遣いに指のない兄弟子を従えて「残忍な張り切り方」で、「この上ない美しさに濡れ」(一六四)た浅香姫を遣う。玉枝を落とし入れた心の咎めに乱れるどころか、一層磨きのかかった芸に生きる人形遣いを導くのは、女形人形の美しさを思う「わが心」ばかりとなる。彼は女形人形の「至上の姿態」、「生ま身の女のうちに息づきながら、しかも生ま身の肉體には決して現われようのない女の色香」（一六七）を求めるようになり、妻に人形のふりをさせ、責め具を使って彼女に残忍な振る舞いをし続ける。「女形人形の至上の美しさに焦がれて貪欲の虜となり果て」（一八二）た幸六は、さらになお一層の残忍さを求めて、楽屋に置いた人形の後ろに黒い影が立つという噂話を作り上げ、妻の指を切って玉枝の墓前に供える。その翌日、彼の遣う「妹背山」のお三輪は、名女形遣いと言われた幸六の芸のうちでも、一世一代の華麗なものであった、と妻の品は娘に語る。

前に述べたように、河野多恵子は『嵐が丘』の中で最も好きな言葉として、「おまえにしろ誰にしろ、自分以上の『自分の生命』がある、またあらねばならぬ、という考えはみんな持っているでしょう。もしあたしというものが、ここにあるだけのものが全部だったなら、神があたしをお造りになった甲斐がどこにあるの？」というキャサリンの言葉を挙げているが、「女形遣い」において、「自分以上の『自分の生命』」という言葉は幸六と女形人形の関係に当てはめることができるのではないだろうか。「至上の美しさ」を極めた自分の遣う人形が、幸六にとっての「自分以上の『自分の生命』」なのだ。「自分以上の『自分の生命』」を失った者は生きていくことはできない。近松座の閉鎖後、人形を遣うことができなくなった幸六は、急に気力が衰え、「黒衣を死衣装に黒い頭巾までつけ」、中将姫の人形を抱いて川に身を投げる。「疲れた、疲れた感じの死顔」の幸六の傍らに、道連れにした中将姫の人形が「花櫛を朝日にきらきらさせながら、洗われたすがすがしい頰」(一八八)を親しげに寄せていた、と妻は娘に語る。

物語は幸六の墓を訪れた第一の語り手の「私」の次のような思いで終わる。

静まり返った夏の真昼の墓地では激しい日照りに灼き盡された数知れない墓石が、皆一斉に白く輝き、燃え立つような熱気をめらめらと吐き淀ませているのである。――私はもう一度幸六の墓の前まで戻って行ったが、それを眺めているうちに、暗い地底で、幸六の肉體が冷たい溶液と化したその中に、腐り果てた、彼の黒衣と女形人形のかしらと衣装とが、ひとつになってどろどろと浸っているさまを想像した。(一九〇)

墓の中で幸六と人形が溶けてひとつになるという「私」の想像は、『嵐が丘』のヒースクリフの言葉を思い出させる。エドガー・リントンが亡くなったときに、ヒースクリフは墓を掘る寺男にキャサリンの棺の上の土をのけさせて蓋を開け、昔のままの彼女の顔を見る。そして、棺の蓋を少しずらして土をかけ、寺男に金を与えてエドガーの棺を脇にどけさせ、自分が死んだときにはこれも蓋を少しずらした自分の棺をキャサリンの隣に置かせる手筈を整え、二人がひとつに溶け合うようにする。そして、「リントンが自分たち二人のところに来る頃には、どちらがどちらだかわからなくなっているだろう」と彼はネリーに語る。ヒースクリフはまた、眠っているキャサリンに寄り添って「永遠の眠りに入っている」夢を見たことも彼女に告げる。「そしてもしキャサリンが朽ちて土になってしまっていたら、それとももっと無残な姿になっていたら、あなたはどんな夢をごらんになったでしょうか」というネリーの言葉に、ヒースクリフは「彼女と一緒に溶けて、もっと幸せになっている夢だ」(二八六)と答える。キャサリンにとってヒースクリフは「自分以上の『自分の生命』」であるが、ヒースクリフにとってもキャサリンは彼の「生命」であり、「魂」である。キャサリンが死んだとき、ヒースクリフは「俺は自分の生命なしに生きることはできない! 自分の魂なしに生きることはできない!」(一六七)と叫び、その後心の平安を得ることがない。死後キャサリンと一緒に溶けて合体する手筈を整えた後に、彼のかき乱れた心はやっと静まる。「女形遣い」の結末の「私」の想像は、墓の中で幸六が彼の「生命」であり、「魂」である女形人形と溶け合ってひとつになることによって心の安らぎを得ることを願う、語り手の思いを表わしていると言えるであろう。

「自分を越えた自分の存在」と一体感を求める激しい執念は、幸六の妻の品にも見られる。

後年幸六の話をするときは「再び若い女に還ったよう」に「一途な様子」（一五二）を示すお品は、彼の遣う女形人形に魅せられ、押しかけ女房となったのである。彼女は人形の「至上の美しさ」を求める夫のためにどんなことでも行なう。役不足の根深い不満をかかえた幸六の「玉枝を殺すことができるか」という言葉と「手摺りの生命はこれやろな」（一五八）と言って左手を広げる動作に、彼女は玉枝の左手を傷つける以外に夫の生きる道はないような気になり、酒に酔った玉枝の指を切り落とすということまでする。品は日頃から舞台で夫の遣う女形人形を「自分の影とも片身」とも思ってきたが、指を失った玉枝を左遣いに従えた幸六の遣う浅香姫を見て、無性に気が引き立ったと娘に語る。

悪事の絆に結ばれました幸六が、これまでのどないな慰められようの折りにも増して、ひしと親しう、慕わしう、幸六の腕の女形人形が一際わが身と血も濃う思えますと、母の胸には、姫の姿態も色香もまるでわが身にじかに迫られ、絞り出されてゆきますような生々しい幸せが漲るのでございました。（一六五）

女形人形の「無上の美しさ」に思い焦がれ、「生ま身の女の血を啜るばかりの思いを籠めて」殴り責める幸六の残忍な行為にも、品は耐え、「ああ苦しい、早う殺して下され、そしたら私の霊魂《こころ》はきっとあんさんの人形に寄ります、あんさんにあんないに美しう創ってもらいます」（一七七）と訴え、念じる。自分の霊魂が夫の人形に宿るという彼女の言葉は、人形、さらにそれを遣う夫との同一化を願う彼女の気持ちを表わしていると言える。彼女はさらにまた夫の求めに応じて、自分の指さえ切り落とさせる。

幸六とお品の関係に見られるのは、河野多恵子の作品の特色のひとつと言われるサディズム、マゾヒズムである。多恵子は「谷崎文学と肯定の欲望」の中でこの異常な愛について次のように述べている。

人はサディズム、マゾヒズムの性愛時においては（心理的な場合でも、その心理に在る時は）、相手との現状や未来に対して相手と一体であり得、一体であり続け得る意識を強烈に意識的に成り立たしめてこそ、その快楽が成り立つのであり、彼等はその快楽に臨んでいるうちは、相手との現状や未来に対する不安や疑惑が絶無であることは滅多にないからこそ一体になろうとする異性愛は欠落して、性的無性別同士という間柄に陥り、真向から描くには、ただささえ肉体づくりに労を要する世界となる。[9]

お品と幸六は、ここに述べられた性別上の特性を失った「性的無性別同士」と言えるだろう。幸六のお品に対する残虐な行為は、人形の「至上の美しさ」を求めるという思いで二人を結び付け、「相手と一体であり得、一体であり続ける意識を強烈に意識的に成り立たしめ」る。

「性的無性別同士」の一体化を求める執着心というこの概念は、河野多恵子の『嵐が丘』の読み方にも見られる。前述したように、彼女はこの作品を単なる恋愛小説と読むのはおもしろくないと考える。彼女に対する「ヒースクリフとキャサリンの存在の訴えかけ」は、「絶対に結ばれ得ない、超自然的な宿命をもった人間同士」、「無性別、つまり性を超えた人間そのもの同士」であり、「彼らの関わり合いには、日常的な如何なる男女の愛欲にも見られない、エロティックな世界を感じさせられる」という。そして、この二人の存在そのものが超自然性であり、亡霊は「本当の超自然が暴れまわったあとの始末をするために、霊魂という単なる血縁によってのみ択ばれたものにすぎない」(三四四)、と「『嵐が丘』の超自然性」の中で彼女は述べている。

亡霊といった怪奇現象ではなく、二人の人間の「結ばれがたさと執着ぶり自体」がこの作品の本当の超自然性であるという『嵐が丘』の読み方は、「女形遣い」の中にも反映していると言えるだろう。玉枝の亡霊は、幸六の人形に対する「執着」が作り出したとも考えられる。実際、人形の後ろに立つ影の噂話は、最初は「女形人形の至上の美しさに焦がれて貪欲の虜となり果てた」幸六が、「なお一層の残忍さが欲しうて」選んだ「手段」(一八二)である。この噂が本当に広まるようになった理由については、玉枝と同じように左手の指二本をなくしたお品を見て、誰かが気のせいでそんなものを見たか、あるいは幸六に恨みを持つものがもっともらしい怪談話を作りだしたか、それとも本当にそんなことがあったのか、わからない、と作者は幸六の娘にあいまいに語らせている。いずれにしても、この作品の中心となるものは、女形人形に対する異常とも言える幸六の「執着ぶり」と、夫とそして夫が遣う人形との一体化を望む妻のお品の激しさであり、玉枝の亡霊という怪奇現象は、それに付随するものに過ぎないであろう。

「女形遣い」は人間の執念の不気味さ、「性的無性別同士」の「関わり合い」が示す「人間の存在の底知れなさ」など、河野多恵子の『嵐が丘』の読みを反映しているが、二人の語り手を使用するというこの作品の構成そのものが、『嵐が丘』の影響を感じさせる。『嵐が丘』においては、ロンドンという外の世界から来た青年ロックウッドに、アーンショウ家、リントン家の両家に仕えたネリー・ディーンがヒースクリフとキャサリンの物語を語るという形式が取られていて、善良で温和な「普通の人間」であるネリーが二人の「異常な」世界を浮き立たせている。「女形遣い」は、英国人の恩師の送別に文楽人形を贈った「私」に、その人形の所有者であった吉田幸六と妻品について、彼らの娘の堀井すがが語るという構成をとっている。第二の語り手堀井すがには、母親から譲り受けた美しい目以外には、「横柄だったという父の幸六や、當時としてはなかなかおはね娘であったらしいその母親を偲ばせるようなところは、こちらにはみじんもな」い。すがは「如何にも内気そうな様子で」(一四九)、「私」の前で話しながら絶えず襟元を整える。すがについてはあまり書き込まれていないが、彼女を語り手にしたことには、幸六やお品とは異なる「普通の」人間に彼らの「異常な」物語を語らせるという書き手の意図が込められているのではないだろうか。

また、第一の語り手が物語の中心人物の墓を訪れ、死者を思うという二つの作品の結末も類似している。『嵐が丘』においては、ロックウッドが旅の途中に嵐が丘荘に立ち寄り、ネリーからヒースクリフの死について、またヒースクリフとキャサリンの亡霊が「歩いている」という村人たちの噂話を聞く。彼らが葬られている所を探し、穏やかな空の下、夏草の間に三つの墓石を見つけたロックウッドは、「この静かな大地に眠る者たちの眠りが安らかでないと誰が想像できるだろうか」(三三四)と思う。「女形遣い」は前に述べたように、「私」が堀井すがの話を聞いた後、吉田幸六の埋葬されている墓地を訪れ、幸六と人形が溶けてひとつになる様を想像することで終わっている。

これまで述べてきたように、「女形遣い」の中には『嵐が丘』の影響が直接的な形で読み取れるが、これ以後一九七〇年までの河野の作品、さらにそれ以降の作品にも、彼女が『嵐が丘』から感じ取ったものが見られる。特に怪異、超自然性は日常性の中で混然となって河野独自の世界を形作り、女の心のさまざまな面を、「人間の存在の不思議さ」を読者に見せてくれる。

「女形遣い」と同じ短編集『幼児狩り』（一九六二）に収められた「雪」においても、超自然現象を生み出すほどの激しい人間の情念や緊迫した人間関係が描かれている。この物語の中心となるのは、主人公早子と継母の執着しあう心であろう。精神異常の発作から我が子を雪に埋めてしまった母と、その母に我が子として育てられた妾腹の娘の間には、奇妙な激しい感情がかよいあっている。

兄は母と肉親に違いないが、自分もまた母と肉親であるような気が、早子は屡々した。濃密な血が豊かに、率直に流れ込んでいるのではないが、互に爪立ててしがみついている相手の傷口から血を啜り合っているような肉親。彼女は無性に母に執着したし、母の方でもそうだった。自分の娘を殺し、殺した娘の名で呼びかけながら妾腹の娘を育てるようになった母の気持ちの捌け口は兎角早子に向く。しかし、最初は憎しみの眼だけで眺めていたその対象が、永年一緒に住み、同じ不幸の一角を持ち、自分の苦悩の噴出に耐えさせられているのを見るうちに、母は一種の快さを覚え、親しさ、愛着を感じるようになっていたのだろうか。

人間の心の奥底を、意識下の世界まで映し出す夢は、「女形遣い」に始まり、その後河野の多くの作品で用いられているが、「雪」においても、夢は死者の霊魂と結びついている。そしてここでは、執着しあう母と娘の深い内部を照らしだす。母の死を知らせる電話を受け取る直前に、早子は夢の中で母から起こされるが、眠りから覚めかねている。「お前はそういう娘だったのね。判りました。起きないのね、私が死ぬという時でも平気なんだね」（九二）という母の言葉に身を起こすと、母は優しく微笑して、二度頷いて消える。闇の中で起き上がった早子は、母を見たのは自分の「脳裏」ではなく、「眼」であるような気がする。夢うつつに死者を見るという設定は、前述した『嵐が丘』のロックウッドの夢を思いださせる。キャサリンの古い手記を読み、彼女のベッドに寝たロックウッドは、格子窓を叩き「中に入れて」と叫ぶキャサリンの姿を見るが、彼はそれを「脳裏」で見たのか、「眼」で見たのかは定かではない。

異常な執着心で結ばれた母のほうでも娘に怪異な「印」を見せる。東京から到着した早子の前で、母の遺体は鼻から「夥しい鮮血」を滴らせる。この現象について、年配の家政婦は、一番会いたく思っていた人を前にすると死体はよくこのような「印」を見せると語る。

この作品の中に見られるもう一つの怪異現象は、雪によって起こる病である。我が子を雪に埋め、妾腹の子を我が子として育てる母と、殺した実子の名で呼ばれる娘は、持病まで共有する。子供の頃ある雪の日に雪が好きだと言って母から強く折檻されて以来、雪は「忌むべきもの、疎ましいもの」、「魔性をもった何かの化身」のように感じられる早子は、母の持病と雪との符合に気づき、またその由来を知って、母の持病の暗示にかかって自分も同じ症状を起こすようになったのかもしれない、と考える。激しい頭痛が起こり始めると、彼女は一緒に暮らす木崎との生活よりも、大阪にいる母親のことを「一途に」思う。

雪によって起こる早子の持病は、母親との関係に起因する彼女の存在感、アイデンティティーの不確かさと結びついている。早子は一緒に暮らす木崎に執着しながら、結婚することをためらう。それは、「生まれた時からの自分の存在を考えると、確固としたものは結局自分の柄ではないのだと思い、雪という障害はどこまでも自分につき纏い、雪のような頼りない存在こそ自分に適ったものであろう」(九九)と思うからである。雪が降り積もり、持病が起こると、彼女は母に埋め殺されたのは自分であり、「生きている自分は、本当の自分の影のような存在にすぎない」(一〇四)と感じる。母の死後、「雪にも母にも御されすぎてきた自分に、もういい加減別れなくてはならない」(一一〇)と、早子はあえて雪の仙石原に木崎と共に向かう。頭に激しい痛みを感じながら、彼女は木崎に自分を雪の中に埋めるように頼む。「死んじまうよ」という彼の言葉に、早子は「そう、それでいいんだわ、一遍死ねばいいんだわ」(一一二)と答えるが、その言葉には「雪のように頼りない存在」をいったん殺し、生き直したいという彼女の思いが込められている。

このように「雪」においては、夢うつつに見た母の亡霊、母の見せた鮮血の「印」、母と娘の共有する雪によって起こる持病という不思議な現象は、主人公の女性の日常生活の中に組み込まれ、継母との特異な関係と彼女の自己意識と分かちがたく結びついている。

一九六五年以降の作品のでは、さらに超自然性は日常性と渾然一体となって、「人間存在の底知れなさ」を訴えかける。こうした作品の中で超自然現象は、「いまここに実際にあるだけのものではない」、「もう一つの世界」を描くために用いられている。一九六八年に書かれたエッセイ「もう一つの世界」で、河野は子供の頃のエピソードを例に挙げて、この技法について語っている。子供の頃彼女が二階でぐっすり眠っている間に階下に泥棒が入り、女中が襲われたが、大声を出したために賊は逃走したという話を聞いて、怖くなって泣きだした。それは、二階で眠っている自分と階下の賊が同時間に存在したことから生じた恐怖であり、その時の恐怖を表現するためには、「その時一瞬生きた、非現実的なもう一つの世界をぴったり表現できる手段に依らなければならなくなる」という。そして、日常的な細部は「非現実的なもう一つの世界に適わしく移植されるならば、いよいよ輝きを増し、もう一つの世界を内から照らすに違いない確かな存在に思える」[11]とも述べている。こうした「もう一つの世界」に対する河野の関心は、前述した彼女の好きな『嵐が丘』の中の「人間の存在はここにあるだけのものが全部ではない」というキャサリンの言葉を思い出させる。河野自身この言葉について、「この言葉は、人間と、普通に言われるところの超自然との繋がりに当てはめて考えても通用する。」（三四三）と『嵐が丘』の超自然性」の中で述べている。

一九六〇年代後半に書かれた二つの作品「邂逅」（一九六七）、「不意の声」（一九七八）において、超自然現象は、「ここにあるだけのもの」ではない「もう一つの世界」を表現するための「手段」として巧みに用いられ、女性の内奥を、「人間存在の底知れなさ」を、読者に見せる。

「邂逅」では、妹の亡霊という怪奇現象は、主人公に彼女の生きたかもしれない「もう一つの世界」を見せ、これまでの生き方を考えさせる「手段」となっている。終戦の時の解放感と感動に応え、「最も甲斐ある人生」をおくりたいと思いながら、「自分を託すべき仕事」を見いだせないまま、結婚しようとしている俊子のもとに、十数年前に仲違いして、疎遠になってしまった妹の道子が、ある冬の夜に不意に訪ねてくる。道子は姉の代わりに父のすすめる男と結婚した後、離婚、再婚、病気を経験したという身の上話をする。そして、帰り際に彼女はガラス障子に映っている自分たち二人の姿を、「道ちゃん、あなた一体何しに来たの！」と問う姉に指し示し、「わたしの話したこと、あなたのもうひとつの人生よ。ほら、あんなに似ているわ。ひとつあれば、片方は要らないくらい」[12]と言って消えてしまう。そのあと、俊子は読みかけていた手元の同窓会誌を見て、妹がすでに死亡していたことを知る。

俊子は郷里の「女専」を卒業して以来、父のすすめる縁談を断り、上京して、「執拗く」、「不器用に」、「最も甲斐ある人生」を歩もうとしてきた。だが、近頃送られてくる会報にのっている同窓生の消息を読むたびに、失敗続きの自分の人生を悔やみ、「この十数年間をもう一度生き直してみたい」という思いに駆られ、「あり得たかもしれない、自分のもう一つの人生」(五五)を考えていた。しかし、「さらりと器用な生き方」をしているように見えた妹が語った「自分のもう一つの人生」を眺めて見ると、そこで特に生き直してみたいのは、「生まれ育った家で、人並に生活できるお金をもち、のんびりと一時のひとり暮しを楽しめたであろうことだけ」(七四)であることに気づく。そして、亡くなった父親が自分を励ますために、妹を差し向けたような気がしてくる。

この作品における亡霊は、妹の霊魂が俊子の「脳裏に及んで生じた美しい映像」[13]であるかもしれないし、「自分は一体これまで何をしてきたのだろう」と、自分の生き方に疑念と後悔の念をいだく彼女の心が生み出した幻影かもしれない。いずれにしても、妹の亡霊は、主人公に「もう一つの世界」「もう一つの人生」を示す手段であり、それにより、彼女の「経た人生(の特徴とその源)を浮き立たせ」[14]ることに、作者の意図はある。

翌年に書かれた「不意の声」においては、亡霊はさらにリアリティーをもって現われ、「ここにあるだけのもの」ではない「もう一つの世界」、主人公の女性の心の深層の世界を照らしだす。この小説は、夫との関係が破綻した吁希子が亡父の「不意の声」の暗示で三人の人を殺すという物語であるが、父親の亡霊は主人公の心の動きと密接に結びついている。父親は彼女にとって子供のころは怖い存在であったが、戦時中の軍需工場での体験で、自分たちが親の庇護の手の届かないところに置かれて、親でさえ頼りにならないことを知ったため、父への怖れは消える。そして、実家を遠く離れて暮らすようになると、一抹の怖れの残る母親よりも、父親は親しい存在となる。父親の亡霊が彼女の前に初めて姿を現わすのは、父の危篤を知らせる電報を受け取った直後、電話を借りに入った鮨屋においてである。父親は「優しい眼つきで」「笑顔になりながら」、「そうか来てくれるのか」と言って、彼女に対して「頷いてみせ」[15]る。

夫との関係が悪くなるにつれて、吁希子は「亡父の訪れを請う」ようになり、彼の現われる回数も多くなる。亡霊は全く表情のない死顔を見せることもあるが、そのあとには必ず優しい笑顔を浮かべて彼女に対して頷いてみせる。年々少しずつ若くなっていく父の亡霊は、「あまりに素早く、適切で、大きいので、さしあたり言うべきことはもう何もなくなってしまったような気持ちにさせられる」「慰安」(一四六)を彼女に与えてくれる。

夫婦喧嘩の末に家を追い出された吁希子は、「やってみるがいい。大丈夫だとも、三人までは……」(一五〇)という「亡父の不意の声」を聞き、「みずからを励ますような力が身内に湧きはじめた」(一五一)のを感じる。そして、その声に従って、母親、昔つきあっていた男の子供とある男を殺す。三つの殺人を犯した彼女の前に現われた亡父は、「どうだ、楽になったか？——今夜はゆっくり寝ればいい」と「優しく頷いて」（二〇〇）言う。

父親の亡霊も三つの殺人も、吁希子の細々とした日常生活の描写の中に巧みに組み込まれているために、彼女が本当に亡霊を見、「亡父の不意の声」の暗示で実際に殺人を犯したような現実感を読者に与える。「『不意の声』あとがき」の中で河野は、「この小説の主人公にとっては、非現実なもうひとつの世界は、現実生活と全く変らぬ鮮明なリアリティをもっている。その両者をそなえた世界こそ、彼女にとっての本当の現実なのだ」[16]と述べている。この言葉も、河野が『嵐が丘』の中で最も好きだという「もしあたしというものが、ここにあるだけのものが全部だったら、神があたしをお造りになった甲斐がどこにあるの」というキャサリンの言葉を思いださせる。「不意の声」の中でも、河野が『嵐が丘』から感じ取った超自然現象を生み出す「人間の存在の底知れなさ」が中心となっている。主人公の気持ちは、「非現実的なもうひとつの世界」をもたざるをえないほど差し迫っていたと言えるだろう。優しく笑顔で自分を受け入れてくれる亡父の姿を見、その声の暗示によって殺意を抱くほど捩じれ歪んだ、夫との不仲に悩む吁希子の心こそ、作者の描こうとしたものであろう。

河野はブロンテ姉妹について、彼女たちは「自分ひとりの心のみ」に「異常に勁く、深く、そして熱」く根ざして作品を創作しているので、読者もそこに「自分自身のみの心を感じはじめる」[17]と述べている。この言葉どおりに、『嵐が丘』は読む者の心に応じて様々な姿を見せるが、河野がこの作品から感じ取った最も大きなものは、超自然性と「人間の存在の底知れなさ」の結びつきであると言えよう。「女形遣い」に見られるような『嵐が丘』の直接的な影響は、彼女の他の作品には感じられない。だが、人間の心の奥底にある「もうひとつの世界の現実」を表わす超自然性は、「胸さわぎ」（一九七一）、「妖術記」（一九七八）など、一九六〇年代以降の作品にも見られる。

エッセイ「歌舞伎に思う」（一九九二）の中で河野は、「女も男に劣らず、情熱・欲望・深く鋭く複雑な思念をそなえて」おり、「女の深い内部を表現するために、日常生活には滅多にあり得ない女や超自然の女をどこまでも創造することも、文学では可能である」[18]と述べている。ヒースクリフとキャサリンの存在そのものが生み出す『嵐が丘』の超自然性は、「女の深い内部を表現するため」の、「人間の存在の不思議さ」を鮮やかに照らしだす手がかりを、彼女に与えたのであろう。『嵐が丘』を読んだことが小説を書きはじめる「二段階目の動機」となったと彼女自身が言うように、『嵐が丘』は河野多恵子の原点であり、また、創造力をかき立てる原動力となったのではないだろうか。

注・参考文献

序章　女性と文学

注

1 Virginia Woolf, *A Room of One's Own* (New York: Harcourt Brace, 1989) 87-88.

2 Elizabeth Gaskell, *The Life of Charlotte Brontë* (Harmondsworth: Penguin Books, 1980) 334.

3 樋口一葉『樋口一葉全集第三巻上』（筑摩書房　一九八七年）五〇四頁。

4 野上彌生子『野上彌生子全集第II期第二巻日記2』（岩波書店　一九八六年）二〇八頁。

5 「社説　女子と文筆の業」『女学雑誌』第七十九号、明治二十年　二六一頁。

6 樋口『樋口一葉全集第三巻下』（筑摩書房　一九八五年）五七二頁。

7 津島佑子・井上ひさし・小森陽一「座談会昭和文学史XXI　女性作家―野上弥生子、佐多稲子、円地文子を中心に」『すばる』二〇〇二年一月号　集英社　二九二頁。

8 Charlotte Brontë, *Villette* (Harmondsworth: Penguin Books, 1979) 278.

9 ヴィクトリア時代の女性観についは、Walter E. Houghton, *The Victorian Frame of Mind 1830-1870* (New Haven: Yale University Press, 1985), Janet Horowitz Murray, *Strong Minded Women and Other Lost Voices from Nineteenth-Century England* (New York: Pantheon Books, 1982) を主に参照した。

10 Charlotte Brontë, *Jane Eyre* (London: Penguin Books, 1996) 292.

11 Virginia Woolf, "Professions for Women," *Women and Writing*, ed. Michele Barrett (New York: Harcourt Brace, 1987) 60.

12 深谷昌志『増補　良妻賢母主義の教育』（黎明書房　一九九〇年）一五六－一五七頁。
13 高田義甫『女黌必読女訓』三七八頁。小山静子『良妻賢母という規範』（勁草書房　一九九一年）二八頁より再引。
14 「女大学宝箱」三井為友編『日本婦人問題資料集成　第四巻　教育』（ドメス出版　一九八一年）一〇〇頁。
15 Woolf, "Women and Fiction," *Women and Writing*, 51.
16 Woolf, "Olive Schreiner," *Women and Writing*, 182.
17 Elaine Showalter, *A Literature of Their Own* (Princeton: Princeton University Press, 1977) 195.
18 Woolf, "Jane Austen," *Women and Writing*, 120.
19 Woolf, "Women and Fiction," *Women and Writing*, 49.
20 Olga Kenyon, "Angela Carter: Fantasist and Feminist," *Writing Women* (London: Pluto Press, 1991) 14.
21 河野多恵子「私の小説作法」『河野多恵子全集第10巻』（新潮社、一九九五年）一八頁。

引用・参考文献

Brontë, Charlotte. *Jane Eyre*. London: Penguin Books, 1996.

——. *Villette*. Harmondsworth: Penguin Books, 1979.

Gaskell, Elizabeth. *The Life of Charlotte Brontë*. Harmondsworth: Penguin Books, 1980.

Horowitz, Janet Murray. *Strong-Minded Women and Other Lost Voices from Nineteenth-Century England*. New York: Pantheon Books, 1982.

Houghton, Walter E. *The Victorian Frame of Mind 1830-1870*. New Haven: Yale University Press, 1957.

Kenyon, Olga. *Writing Women*. London: Pluto Press, 1991.

Showalter, Elaine. *A Literature of Their Own: British Women Novelists from Brontë to Lessing*. Princeton: Princeton University Press, 1977.

Woolf, Virginia. *A Room of One's Own*. New York: Harcourt Brace, 1989.

――. *Women and Writing*. Ed. Michele Barrett. New York: Harcourt Brace, 1987.

河野多恵子『河野多恵子全集第10巻』 新潮社 一九九五年。

小山静子『良妻賢母という規範』 勁草書房 一九九一年。

塩田良平・和田芳恵・樋口悦編『樋口一葉全集第三巻上』 筑摩書房 一九八七年。

――『樋口一葉全集第三巻下』 筑摩書房 一九八五年。

野上彌生子『野上彌子全集』第II期 第一、二巻 岩波書店 一九八六年。

深谷昌志『増補 良妻賢母主義の教育』黎明書房 一九九〇年。

三井為友編『日本婦人問題資料集成 第四巻 教育』ドメス出版 一九八一年。

津島佑子・井上ひさし・小森陽一「座談会昭和文学史XXI 女性作家―野上弥生子、佐多稲子、円地文子を中心に」『すばる』二〇〇二年一月号。

「社説 女子と小説」（上 中 下）『女学雑誌』第二十七号、第二十九号、第三十号 明治十九年。

「社説 女子と文筆の業」『女学雑誌』第七十九号 明治二十年。

注

第一章 絶望からの脱出

1 塩田良平『樋口一葉研究』（中央公論社 一九七五年）四八二頁。
2 平田禿木「ブロンテとキングズレー」『平田禿木選集第一巻』（南雲堂 一九八六年）三五三頁。
3 河野多恵子「二十代作家一葉」『河野多恵子全集第10巻』（新潮社 一九九五年）一二二頁。
4 伝記的類似点については、青山霞邨が『英国の青鞜女・ブロンテー女史』（敬文館 大正二年）の中で指摘している。
5 樋口一葉『全集樋口一葉第三巻 日記編』（小学館 一九七九年）二一〇頁。

6 Charlotte Brontë. *Shirley* (London: Dent, 1975) 76.

7 J. Wise and J. A. Symington, ed., *The Brontës: Their Lives, Friendship and Correspondence*, 4 vols (Oxford: Shakespeare Head Press, 1932) 1: 155.

8 Charlotte Brontë, *The Professor* ((London: Dent, 1975) 203.

9 Wise and Symington, 2: 308.

10 Charlotte Brontë, *Jane Eyre* (New York: Norton, 1971) 94.

11 Wise and Symington, 2: 216.

12 Wise and Symington, 3: 6.

13 Charlotte Brontë, *Villette* (Harmondsworth: Penguin Books, 1979) 94.

14 サンドラ・M・ギルバートとスーザン・グーバーが『屋根裏部屋の狂女』(*The Madwoman in the Attic* 1979) の中で、シャーロット・ブロンテの小説における監禁と脱出の物語について論じている。

15 樋口「にごりえ」『全集樋口一葉　第二巻　小説編二』(小学館　一九七九年)　一三三頁。

16 樋口「うつせみ」『全集　第二巻』一〇三頁。

17 樋口「わかれ道」『全集　第二巻』一九五頁。

18 Elizabeth Gaskell, *The Life of Charlotte Brontë* (Harmondsworth: Penguin Books, 1979) 510.

19 Wise and Symington, 1: 240.

引用・参考文献

Brontë, Charlotte. *Jane Eyre*. New York: Norton, 1971.

———. *The Professor*. London: Dent 1975.

———. *Shirley*. London: Dent 1975.

———. *Villette*. Harmondsworth: Penguin Books, 1979.

Gaskell, Elizabeth. *The Life of Charlotte Brontë*. Harmondsworth: Penguin Books, 1979.
Gerin, Winifred. *Charlotte Brontë: The Evolution of Genius*. Oxford: Clarendon Press, 1967.
Gilbert, Sandra M. and Gubar, Susan. *The Madwoman in the Attic*. New Haven: Yale University Press, 1979.
Moglen, Helen, *Charlotte Brontë: The Self Conceived*. New York: Norton, 1978.
J. Wise and J. A. Symington. Ed. *The Brontës: Their Lives, Friendship and Correspondence*. 4 Vols. Oxford: Shakespeare Head Press, 1932.
青山霞邨『英国の青踏女・ブロンテー女史』敬文館　大正四年。

河野多恵子『河野多恵子全集　第10巻』新潮社　一九九五年。

塩田良平『樋口一葉研究』　中央公論社　一九七五年。

水谷不倒「理想佳人」『文芸倶楽部』第二巻第八、十一、十二、十四編　明治二十九年。

前田愛編『全集樋口一葉』全四巻　小学館　一九七九年。

平田禿木『平田禿木選集』　第一巻、第五巻　南雲堂　一九八六年。

第二章　女性の権利

注

1　清水紫琴「こわれ指環」『紫琴全集』（草土文化、一九八三年）一六頁。
2　清水「植木枝盛著『東洋之婦女』序文」『紫琴全集』二四〇頁。
3　古在由重「明治の女―清水紫琴のこと」『紫琴全集』五五五頁。
4　袍巴土斯辺瑣著、松島剛訳『社会平権論』第二版（自由閣、明治二十年）一二七頁。
5　清水「何故に女子は、政談集会に参聴することを許されざるか」『紫琴全集』二六七頁。
6　清水「泣いて愛する姉妹に告ぐ」『紫琴全集』二七八頁。
7　清水「敢えて同胞兄弟に望む」『紫琴全集』二四四頁。

8 弥児著、深間内基訳『男女同権論』（山中市兵衛刊、明治一一年）五六―五七頁。
9 清水「女子教育に対する希望」『紫琴全集』四七七頁。
10 清水「男女気質」『紫琴全集』五三〇頁。
11 『世界大百科事典 31』（平凡社、一九八一年）四一頁。
12 清水「問答（細君たるものの姓氏の事）」『紫琴全集』三〇一頁。
13 紫琴に対するキリスト教の影響については、笹淵友一氏が『明治大正文学の分析』（明治書院、一九七〇年）の第七章「清水紫琴論」の中で、武田清子氏が『婦人解放の道標』（ドメス出版、一九八五年）の「差別と清水紫琴の「移民学園」―藤村の『破戒』の一原型」の中で指摘している。
14 片野真佐子「良妻賢母主義の源流」近代女性史研究会編『女たちの近代』（柏書房 一九七八年）四三―五七頁。
15 巌本善治「細君内助の辨(上)」『女学雑誌』第二二四号、明治二十三年 六六三頁。
16 巌本「細君内助の辨(中)」『女学雑誌』第二二五号、明治二十三年 六九一頁。
17 清水「一青年異様の述懐」『紫琴全集』二六頁。
18 山口玲子『泣いて愛する姉妹に告ぐ―古在紫琴の生涯』（草土文化、一九七七年）一九七―一九九頁。
19 清水「移民学園」『紫琴全集』二二五頁。

引用・参考文献

Mill, John Stuart. *The Subjection of Women*. 3rd ed. London: Longmans, Green and Dyer, 1870.
Spencer, Herbert. *Social Statics*. New York: D. Apple and Company, 1875.
近代女性史研究会編『女たちの近代』 柏書房 一九七八年。
笹淵友一『明治大正文学の分析』 明治書院 一九七〇年。
古在由重編『紫琴全集』 草土文化 一九八三年。

袍巴土斯辺瑣著、松島剛訳『社会平権論』第二版　自由閣　明治二十年。

武田清子『婦人解放の道標』　ドメス出版　一九八五年。

弥児著、深間内基訳『男女同権論』　山中市兵衛刊　明治十一年。

山口玲子『泣いて愛する姉妹に告ぐ―古在紫琴の生涯』　草土文化　一九七七年。

『女学雑誌』第十七号（明治十九年）、第一〇八号―第一一四号（明治二十一年）、第一六六号（明治二十二年）、第二二四号―第二二六号（明治二十九年）。

『世界大百科事典31』平凡社　一九八一年。

第三章　知恵を磨く

注

1　野上彌生子『海神丸』『野上彌生子全集第二十二巻』（岩波書店、一九八二年）　二二六頁。
2　野上「あれも、これも書きたい」『野上彌生子全集別巻二』（岩波書店、一九八二年）一五五頁。
3　野上「その頃の思ひ出」『野上彌生子全集第十九巻』（岩波書店、一九八一年　四六九頁。
4　青山なを『明治女学校の研究』（慶応通信、一九七〇年）四三五頁。
5　野上『森』（新潮社、一九八六年）一九頁。
6　野上「作家に聴く」『野上彌生子全集第二十一巻』（岩波書店、一九八一年）　三八三頁。
7　野上［聞書竹西寛子］「妻と母と作家の統一に生きた人生」『全集別巻二』一二四頁。
8　野上「妻と母と作家の統一に生きた人生」一二七頁。
9　野上「私が女学生時代に見た内村さん」『全集第二十一巻』四二二頁。
10　野上「ふるさと断章」『全集第十九巻』四〇九頁。
11　野上「妻と母と作家の統一に生きた人生」一二九頁。
12　野上［対談竹西寛子］「女性と文学」『全集別巻二』九四頁。

13 夏目漱石「『伝説の時代』序」『夏目漱石全集別巻二』（岩波書店　一九五七年）二五七頁。
14 野上「人形の望」『野上彌生子全集別巻三』（岩波書店、一九八二年）一〇〇頁。
15 野上「『ソーニャ・コヴァレフスカヤ』序」『野上彌生子全集第II期第十八巻翻訳1』（岩波書店、一九八七年）六六頁。
16 野上「はじめてオースティンを読んだ話」『全集第二十二巻』三六一頁。
17 野上「妻と母と作家の統一に生きた人生」一三〇頁。
18 野上「はじめてオースティンを読んだ話」三六二頁。
19 Jane Austen, *Pride and Prejudice* (New York: Norton, 1966) 94.
20 野上「転生」『野上彌生子全集第十二巻』（岩波書店、一九八二年）七八頁。
21 野上［対談谷川俊太郎］「昔の話、今の話」『海』一九八一年一月号　中央公論社　一八四頁。

引用・参考文献

Austen, Jane. *Pride and Prejudice*. New York: Norton, 1966.

青山なを『明治女学校の研究』慶応通信　一九七〇年。

夏目漱石『夏目漱石全集第十八巻　文学論』岩波書店　一九五七年。

――「『傳説の時代』序」『夏目漱石全集第二十一巻　評論雑篇』岩波書店　一九五七年。

野上彌生子『野上彌生子全集』第十二、十九、二十一、二十二巻、別巻二、三　岩波書店　一九八一年―一九八二年。

――『野上彌子全集』第II期第一、十八巻　岩波書店　一九八六-一九八七年。

――『森』新潮社　一九八六年。

――「昔の話、今の話」『海』一九八一年一月号　中央公論社。

第四章　自己成長と結婚

注

1 渡辺澄子『野上彌生子の文学』（桜楓社　一九八四年）一五八－一七〇頁。
2 野上彌生子「初めてオースティンを読んだ話」『野上彌生子全集第二十二巻』（岩波書店　一九八七年）三六二頁。
3 野上『野上彌生子全集第II期第一巻日記1』（岩波書店　一九八六年）四一一－四一二頁。
4 野上『野上彌生子全集第II期第二巻日記2』（岩波書店　一九八六年）一九九頁。このことは田村道美氏が指摘している。田村道美『野上弥生子と「世界名作大観」』（香川大学教育学部　一九九九年）一二二頁。
5 野上『虹の花』『野上彌生子全集第II期第二十一巻翻訳4』（岩波書店　一九八六年）三〇三頁。
6 野上『真知子』（新潮社　一九八七年）五頁。
7 Jane Austen, *Pride and Prejudice* (New York: Norton, 1966) 1.
8 野上『虹の花』三〇五頁。
9 野上「鳴る浅間山の麓から」『野上彌生子全集第十八巻』（岩波書店　一九八七年）二七五頁。

引用・参考文献

Austen, Jane. *Pride and Prejudice* New York: Norton, 1966.

野上彌生子『野上彌生子全集』第八巻、第二十二巻　岩波書店　一九八七年。

――『野上彌生子全集』第II期　第一巻、第二巻、第二十一巻　岩波書店　一九八六年。

――『真知子』　新潮社　一九八七年。

田村道美『野上弥生子と「世界名作大観」』香川大学教育学部　一九九九年。

渡辺澄子『野上彌生子の文学』桜楓社　一九八四年。

第五章　自分探しの葛藤

注

1 ドリス・レッシング自身は、このシリーズの最後の作品である『四つの門のある町』を、その後書きの中で「教養小説」と呼んでいる。Doris Lessing, *The Four-Gated City* (New York: New American Library, 1976) 615. また、水田宗子氏が『伸子』の「教養小説」的側面を指摘している。水田宗子『ヒロインからヒーローへ　女性の自我と表現』(田畑書店　一九八二年)八九―一〇四頁。

2 宮本百合子『二つの庭』『昭和文学全集第八巻』(小学館　一九八八年) 三一六頁。

3 宮本『伸子』『宮本百合子集　新潮日本文学21』(新潮社　一九八五年) 七八頁。

4 Doris Lessing, *Martha Quest* (New York: New American Library, 1970) 10.

5 Doris Lessing, *A Proper Marriage* (London: Granada Publishing 1983) 136.

引用・参考文献

Lessing, Doris. *Martha Quest*. New York: New American Library, 1970.

——. *A Proper Marriage*. London: Granada Publishing, 1983.

——. *A Ripple from the Storm*. New York: New American Library, 1970.

——. *Landlocked*. New York: New American Library, 1970.

——. *The Four-Gated City*. New York: New American Library, 1970.

宮本百合子『伸子』『宮本百合子集　新潮日本文学21』新潮社　一九八五年。

——『二つの庭』『昭和文学全集第八巻』小学館　一九八八年。

——『道標』『宮本百合子全集』第七巻、第八巻　新日本出版　一九八二年。

水田宗子『ヒロインからヒーローへ　女性の自我と表現』田畑書店　一九八二年。

第六章　母性体験の現実

注

1 Margaret Drabble and Yuko Tsushima, "Career and Family—for the Woman Writer and in Women's Writing—," *Margaret Drabble in Tokyo*, ed. Fumi Takano (Tokyo: Kenkyusha, 1991) 85.

2 『新訳聖書』(日本聖書協会　一九六五年) 一八頁。

3 Margaret Drabble, *The Millstone* (Harmondsworth: Penguin Books, 1976) 85.

4 Margaret Drabble, "The Search for a Future," *The Tradition of Women's Fiction: Lectures in Japan*, ed. Yukako Suga (Oxford: Oxford University Press, 1982) 80.

5 津島佑子『寵児』(河出書房新社　一九七八年) 六五頁。

引用・参考文献

Drabble, Margaret. *The Millstone*. Harmondsworth: Penguin Books, 1976.

——. *The Tradition of Women's Fiction: Lectures in Japan*. Ed. Yukako Suga. Oxford: Oxford University Press, 1982.

——. *The Garrick Year*. Harmondsworth: Penguin Books, 1978.

Drabble, Margaret and Tsushima,Yuko. *Margaret Drabble in Tokyo*. Ed. Fumi Takano. Tokyo: Kenkyusha, 1991.

津島佑子『寵児』河出書房新社　一九七八年。

『聖書』　日本聖書協会　一九六五年。

第七章　現実と非現実

注

1 Angela Carter, "Oriental Romances—Japan," *Nothing Sacred* (London: Virago Press, 1992) 28.
2 Angela Carter, *Fireworks* (London: Virago Press, 1992) 2.
3 Angela Carter, *The Infernal Desire Machines of Doctor Hoffman* (London: Penguin Books, 1982) 140.
4 Carter, "Oriental Romances—Japan," 33.

引用・参考文献

Carter, Angela. *The Bloody Chamber and Other Stories*. London: Penguin Books, 1981.
——. *Fireworks. London*, Virago Press, 1992.
——. *The Infernal Desire Machines of Doctor Hoffman*. London: Penguin Books, 1982.
——. *The Magic Toyshop*. London: Virago Press, 1993.
——. *Nothing Sacred*. London: Virago Press, 1992.
——. *Several Perceptions*. London: Virago Press, 1995.
Bedford, William. "Connoisseur of Unreality," *London Magazine*. October/November (1992): 49–56.
Keyon, Olga. *Writing Women*. London: Pluto Press, 1991.
現代女性作家研究会編『アンジェラ・カーター　ファンダジーの森』勁草書房　一九九二年。

第八章　人間存在の不思議

注

1 河野多恵子「読書遍歴」『河野多恵子全集第 10 巻』（新潮社　一九九五年）九九頁。
2 河野「『嵐が丘』の超自然性」『河野多恵子全集第 9 巻』（新潮社　一九九五年）三三九–三四〇頁

3 河野「半年だけの恩師」『全集第10巻』二六三頁。
4 Emily Jane Brontë, *Wuthering Heights* (London: Penguin Books, 1995) 81.
5 河野『戯曲嵐が丘』『全集第9巻』三二九頁。
6 河野「年譜」『全集第10巻』三七七頁。
7 河野「わかれ」『河野多恵子全集第1巻』(新潮社　一九九四年) 二〇八頁。
8 河野「女形遣い」『幼児狩り』(新潮社　一九六二年) 一四二頁。
9 河野「谷崎文学と肯定の欲望」『全集第9巻』一二四頁。
10 河野「雪」『全集第1巻』一〇六頁。
11 河野「もう一つの世界」『全集第10巻』二五頁。
12 河野「邂逅」『河野多恵子全集第3巻』(新潮社　一九九五年) 七三頁。
13 河野「わかれ」『全集第1巻』二〇八頁。
14 河野「『妖術記』に呪われて」『全集第10巻』八五頁。
15 河野「不意の声」『河野多恵子全集第5巻』(新潮社　一九九五年) 一二一頁。
16 河野「『不意の声』あとがき」『全集第10巻』二六頁。
17 河野「『ブロンテ全集』刊行にあたって」『全集第10巻』一九九頁。
18 河野「歌舞伎に思う」『全集第10巻』三二六頁。

引用・参考文献

Brontë, Emily Jane. *Wuthering Heights*. London: Penguin Books, 1995.
河野多恵子『河野多恵子全集』全十巻　新潮社　一九九四年-一九九五年。
――「女形遣い」『幼児狩り』　新潮社　一九六二年。
今井泰子・藪禎子・渡辺澄子編『短編　女性文学　現代』おうふう一九九三年。

あとがき

女性作家の作品を集中的に読み始めてから二十年になる。そのきっかけになったのは、在外研究先のボストン大学の大学院で読んだシャーロット・ブロンテの『ヴィレット』であった。この作品は、大学を出てから間もなく学んだブルックリン・カレッジ大学院の十九世紀小説のクラスでも読んだ。だがその当時は、同じ作者の『ジェイン・エア』のほうがロマンス風の筋立てやはっきりとした主人公の性格設定のために、わかりやすく、ずっと面白いと感じた。それから十数年を経て再読した『ヴィレット』に私は強く心をひかれた。主人公ルーシーの自立への強い意思、胸に秘めた激しい思いと揺れ動く心、異文化体験の明と暗など、書かれていることのひとつひとつに共感した。当時私はフランス語やフランス文化に興味を持ち、パリやディジョンでひと夏を過ごすことも度々あった。こうしたことがフランス語を母語とする異国で暮らすイギリス人の主人公に共感した一因ではあるが、この小説は、「女」に生まれたことはどのような意味を持つかを改めて私に考えさせてくれた。そして、シャーロット作品を全部読んでみたい、彼女についてもっと知りたいと思った。ウルフの『自分だけの部屋』を読んだのもちょうどその頃である。

シャーロット・ブロンテなどの作品を読む際に、私は一九七〇年代の後半から英米で盛んになった女性作家の作品に焦点をあてた「ガイノクリティシズム」と呼ばれるフェミニズム批評の影響を受けたことは否めない。ショウオーターの『女性自身の文学』やギルバートとグーバーの『屋根裏部屋の狂女』などは、私がぼんやりと考えていたことに形を与えてくれた。六年前ペンシルヴェニア州立大学比較文学科に行ったときに、フェミニズム批評理論の女性の教授から「なにを研究しているのですか」と問われて、日英の女性作家の作品を女性の視点から読んでいると答えたら、「少し古いですね」言われてしまった。だが、文学作品の読みかたに、古い、新しいはあるのだろうか。フェミニズム批評はここ十数年の間にめまぐるしく変わった。スピヴァックやミンハなどの「今ふう」のものも（それももう古くなってしまったのかもしれないが）読んでみたが、政治色が強くて私にはしっくりこなかった。自分の目で、自分の心ひかれた作品を丁寧に読む、それが私の読み方なので、これからもそうしていきたいと思っている。

比較文学に興味をもったのも、ブロンテ姉妹の作品を集中的に読んでいた頃である。それまで比較文学を系統的に学んだことはなかったが、三姉妹の中でも一番好きなシャーロットを日本の女性作家と比較考察してみたいと思ったのだ。大学では英文学を専攻したが、日本文学を読むのは子供の頃から好きだった。小学生の頃から、家の本棚にあった総ルビのついた祖母の『明治大正文学全集』や母の『芥川龍之介全集』などを手当たり次第に手にとってみた。よく理解できないものも多かったが、知らない、新しい世界が次々と広がっていくような気がして、胸をワクワクさせて夢中で読んだものだ。そんな昔の読書が、比較文学研究に少し役立ったように思う。シャーロットの手紙や伝記を読んでいて、逆境の中で様々な欲求を抱えて自己実現の道を模索する姿勢が、だいぶ以前に読んだ樋口一葉に重なったのである。

ここに収めた論考は、序章を除いてすべて日本比較文学会や国際比較文学会で発表した草稿を基にしている。「樋口一葉とシャーロット・ブロンテ」は一九八五年三月の東京支部例会での初めての発表であった。ひどく緊張して、一時間も前に誰もいない会場である八丁堀の勤労福祉会館で待機していたことを今でも覚えている。小玉晃一先生はじめ、日本比較文学会の先生方にはずいぶんお世話になった。学会では、他の方々の発表を聴き、自分も発表して、地味な実証的研究の重要性や幅広い研究法のおもしろさなど多くのことを学ばせていただいた。また一九九六年十月の東京大会では、「〈女性〉の比較文学」というシンポジウムの企画、立案をさせてもらった。一九九一年に青山学院大学で開催された際に裏方をして以来、一昨年の南アフリカでの会を除き、国際比較文学会では毎回発表の機会を得、その楽しさも知った。この本の出版を勧めてくださった秋山正幸先生は、そのお仲間であり、引率者のような存在である。

本書は東西の十人以上の女性作家を扱っている。長い間女性作家に興味を抱き続けてきた最大の理由は、女たちはなぜ書くのだろうか、女性の表現とはどういうことだろうか、といった問題に関心をもったからだと思う。自分の興味のおもむくままに読み、調べてきたものである。時代も十九世紀から現代にわたっている。まとめるにあたっては、女性と文学を考える際にいつもそばにおいて読み返しているウルフの『自分だけの部屋』が、枠組みを与えてくれた。

本書の第I部で扱った作家や作品の主人公たちは、その個性はそれぞれ異なるが、自我に目覚め、「女にふさわしい領域」に納まりきらず、なんとか自分らしさを表現しようと奮闘する姿は共通しているだろう。第一章の「絶望からの脱出――樋口一葉とシャーロット・ブロンテ」がこの比較研究の出発点であることは前に述べた。この章の校正刷を、舅、姑の世話をし、商家の切り盛りに追われながら三人の子供を育てた、読書好きの八十六歳になる私の母に読んでもらった。「昔の女は大変だった。一葉やブロンテの気持はよくわかる。羽ばたきたくても羽ばたけないのだからね。それに比べれば私は恵まれているよ」という素朴な感想を述べてくれた。その母にも、婦人雑誌の入社試験を受けて面接まで進みながら、面接の通知を父親に見つかり、裁縫でも習ってはやく嫁に行けと言われて断念した過去がある。第二章の清水紫琴を読み出したのは、母校であり勤務先でもあるフェリス女学院の最初の卒業生、若松賤子とその夫巖本善治に関して『女学雑誌』を調べていて、彼女の評論「当今女学生の覚悟如何」を目にしたのがきっかけである。当時の女性にとって最も切実な問題である結婚の実体を直視し、若い女性にその現実を変えていく主体性をもつように勧める力強い論調に心ひかれた。野上弥生子は、最初は理性的な優等生という感じで、あまり共感できなかったが、読み進めるうちに絶えず前に進もうとするその知的向上心に感服した。学生時代には少し退屈に感じたジェイン・オースティンに興味を抱いたのも、この研究を通してである。第五章で扱った伸子やマーサ・クェストの「自分探し」という普遍的なテーマには、現代の女性たちも共感を覚えるのではないだろうか。

第II部で取り上げた現代女性作家の「声」は多種多様である。だが、ウルフやドラブルや津島佑子さんが言うように、そこには前の世代の「ものを書く女たち」から継承してきたものを感じる。現実と非現実が交錯する実験的な手法を駆使して女の問題を提起するアンジェラ・カーターが、『ジェイン・エア』を若い女性の自立と愛を描いた初期の作品『魔法の玩具店』の下敷きにしていることは興味深い。カーターは今私が最も関心をもっている作家の一人である。特に来日直後の作品がおもしろい。昨年大学のゼミで、フェミニズムの視点からおとぎ話を書き換えた短編や本書でも取り上げた日本体験に基づく「紫の上の情事」を読んだが、性も含めて女性の問題を扱っているためか、学生たちも大変興味を示してくれた。「紫の上の情事」の醜く老いた遊女が海辺に打ち上げられた水死体から髪の毛を取ってかつら屋に売り生計をたてる場面では、芥川の「羅生門」の影響を受けているのではないかなどと、興味深い指摘もしてくれた。若い人の文学離れ、活字離れが言われているが、私は希望を捨てていない。

『嵐が丘』が日本ブロンテ協会の初代の会長でもある河野多恵子さんの創作活動の原点であることも、今回の研究を通してはじめて知った。優れた作品は読み手に様々な形で影響を与えてくれる。『嵐が丘』は二十代に大学院の授業ではじめて読んだときから好きだった。英語力が不十分であったにもかかわらず、強い印象を受けた。「私はヒースクリフよ」というキャサリンの言葉は忘れられない。本書を好きなブロンテ姉妹で始め、終わることができて嬉しい。

ブルックリン・カレッジで苦労しながらテキストを丁寧に読むことを学んでから、ずいぶん時が経った。これまで研究を続けてこられ、それをなんとかまとめるまでには、たくさんの方々からの恩恵を蒙った。英語学、文学と専門分野は異なるが、成瀬武史先生には研究することの楽しさと厳しさを教えていただいた。研究者としての第一歩を踏み出すアメリカ留学のきっかけを作ってくださったヘレン・ブレル先生にはとくに感謝している。もし生きておられたら、本書の出版を一番喜んでくださったことだろう。最後に、本書の出版にあたって、親身になってお世話してくださった南雲堂の原信雄氏に厚くお礼を申し上げたい。

二〇〇二年十二月

榎本義子

初出一覧

第一章 「樋口一葉とシャーロット・ブロンテ」『フェリス論叢』第二十一号 一九八五年三月

第二章 「清水紫琴と西欧思想」『フェリス女学院大学文学部紀要』第二十八号 一九九三年三月

第三章 「野上弥生子と西欧」『フェリス女学院大学文学部紀要』第二十七号 一九九二年三月

第四章 「『真知子』と『高慢と偏見』—結婚問題を通しての自己成長」『フェリス女学院大学文学部紀要』第二十六号 一九九一年三月

第五章 「伸子とマーサ・クエスト」『フェリス女学院大学文学部紀要』第三十一号 一九九六年三月

第六章 "The Reality of Pregnancy and Motherhood for Women: Tsushima Yuko's *Choji* and Margaret Drabble's *The Millstone*" *Comparative Literature Studies* Vol. 35 No. 2 1998

第七章 「アンジェラ・カーターの日本体験」『フェリス女学院大学文学部紀要』第二十九号 一九九四年三月

第八章 「河野多恵子と『嵐が丘』—人間存在の不思議」『知の新視界』二〇〇三年二月

索引

泉鏡花　183
巖本善治　67-69, 71, 74, 75, 83
「細君内助の辨」67, 68
ウィンチルシー伯爵夫人　Lady Winchilsea　21, 22
植木枝盛　55, 61
『東洋之婦女』55, 62
内村鑑三　81, 82
ウルフ，ヴァージニア　Virginia Woolf　7-9, 11, 17, 20, 22-24, 26
『自分だけの部屋』*A Room of One's Own* 7, 8, 21-24 「女性と小説」"Women and Fiction" 20 「女性のための職業」"Professions for Women" 17
エリオット，ジョージ　George Eliot　11, 90
大庭みな子　9
オースティン，ジェイン　Jane Austen　11, 22, 26, 30, 31, 73, 74, 90-93, 95, 110, 117
『高慢と偏見』*Pride and Prejudice* 23, 73, 74, 90-92, 95-98, 100, 111, 113, 115, 117 『分別と多感』*Sense and Sensibility* 90
カーター，アンジェラ　Angela Carter　25, 26, 165, 166, 168, 169, 171-176, 178, 179, 182
『地染めの部屋』*The Bloody Chamber and Other Stories* 174 「狼アリス」"Wolf-Alice" 174
「東洋のロマンス—日本」"Oriental Romances－Japan" 165, 172, 175 「哀れな蝶」"Poor Butterfly" 176 「東京牧歌」"Tokyo Pastoral" 172
『花火』*Fireworks* 165, 166, 174-176, 179 「日本の思い出」"A Souvenir of Japan" 166-170, 172, 176 「死刑執行人の美しい娘」"The Executioner's Beautiful Daughter" 174 「紫の上の情事」"The Loves Of Lady Purple" 179, 180 「冬の微笑」"The Smile of Winter" 169, 176
「森の奥まで達して」"Penetrating to the Heart of the Forest" 174 「肉体と鏡」"Flesh and the Mirror" 167-169, 172 「主

Fable 84-86
ブロンテ，エミリ　Emily Jane Brontë　11, 30, 183-185
『嵐が丘』*Wuthering Heights* 26, 184, 185, 187, 189-191, 193, 194, 198-200, 202, 204, 208, 209
「私の魂は臆病ではない」"No coward soul is mine" 184
ブロンテ，シャーロット　Charlotte Brontë　10, 11, 14-16, 26, 29-37, 39, 40, 46, 47, 50, 51, 90
『ヴィレット』*Villette* 15, 38-40, 47 『教授』*The Professor* 33, 37, 39, 40 『ジェイン・エア』*Jane Eyre* 15, 16, 30, 38-40, 45, 49, 51, 90 『シャーリー』*Shirley* 32, 36, 38, 39
松島剛　56, 57, 59
『社会平等論』（訳）57, 59
水谷不倒　29
「理想佳人」（訳）29
三宅（田辺）花圃　13, 14
『藪の鶯』14
宮本百合子　23, 119
『道標』126, 135, 141 『伸子』119-121, 139, 142 『二つの庭』126, 133, 135
ミル，ジョン・スチュアート．John Stuart Mill　21, 61, 62, 71
『女性の隷従』（『男女同権論』）*The Subjection of Women* 61, 63
山本道子　9
レッシング，ドリス　Doris Lessing　23, 119
「暴力の子供たち」"Children of Violence" 119, 126, 131 『ちゃんとした結婚』*A Proper Marriage* 120 『マーサ・クェスト』*Martha Quest* 119, 120
若松賤子　13, 29

著者について

榎本義子（えのもと・よしこ）

早稲田大学第一文学部文学科英文学専修卒業。ニューヨーク市立ブルックリン・カレッジ修士課程修了。現在、フェリス女学院大学教授。

訳書に『キダー書簡集』、主要論文に「シャーロット・ブロンテのベルギー体験」（『滅びと異郷の比較文化』所収）、「E・M・キダーの教育における異文化融合の試み」（『異文化交流と近代化』所収）、（"A Woman Missionary's Vision: Conflict and Harmony between Two Cultures" (*The Force of Vision* 2 所収）など。

女の東と西　日英女性作家の比較研究

二〇〇三年三月二十五日　第一刷発行

著　者　榎本義子
発行者　南雲一範
装幀者　岡　孝治
発行所　株式会社南雲堂
東京都新宿区山吹町三六一　郵便番号一六二-〇八〇一
電話　東京（〇三）三二六八-二三八四（営業部）／三二六八-二三八七（編集部）
振替口座　東京　〇〇一六〇〇四六八六三
ファクシミリ（〇三）三二六〇五四二五

印刷所　壮光舎
製本所　長山製本

乱丁・落丁本は、小社通販係宛御送付下さい。
送料小社負担にて御取替えいたします。

検印廃止〈IB-277〉

ISBN4-523-29277-9　C3098